María de Zayas' *Novelas*

European Masterpieces
Cervantes & Co. Spanish Classics Nº 37

General Editor: Tom Lathrop

MARÍA DE ZAYAS

Novelas ejemplares y amorosas
and
Desengaños amorosos

Edited and with notes by
SARA COLBURN-ALSOP
Franklin College

Cervantes & Co.

EUROPEAN
Masterpieces

Table of Contents

Introduction to Students 11

Novelas
La fuerza del amor 23
El jardín engañoso 49
La inocencia castigada 71
Estragos que causa el vicio 105

Spanish-English Glossary 153

For DAN

Acknowledgments

FIRSTLY, I WISH TO express my sincere gratitude to Tom Lathrop for permitting me to take on this project as a novice. I have learned a great deal from the experience and I hope to have the opportunity to pursue other projects of this nature in the near future.

Also, I am grateful to my dissertation director and mentor, Dr. Edward Friedman, for introducing me to the study the *Novelas ejemplares y amorosas* and the *Desengaños amorosos* and encouraging me to pursue further exploration of Maria de Zayas's works in my doctoral studies.

I am also indebted to the late Patsy Boyer, as her beautiful translations of the *Novelas ejemplares y amorosas* and the *Desengaños amorosos* provided invaluable guidance along my editing journey.

Finally, I would like to thank my husband, Dr. Daniel Alsop, my family, and my students at Franklin College for providing me the needed support and inspiration to complete this project.

Introduction to Students

THE PURPOSE OF THIS edition is to make the complex and highly-stylized seventeenth-century Baroque literary works of Maria de Zayas y Sotomayor more accessible to non-native speakers of Spanish. In an effort to avoid depriving the reader of the essence of the original texts, older forms remain where modernization would affect the original pronunciation. The language notes below will be a helpful guide to becoming familiar with these forms and other older features of the seventeenth-century Spanish language. In addition to the numerous marginal glosses[1] and footnotes to facilitate the understanding of Zayas's novelas, there is also a glossary of all the vocabulary from the marginal glosses, other less-common vocabulary items, and footnotes.

ZAYAS'S LIFE
Although many details of the life of Maria de Zayas y Sotomayor are shrouded in mystery, it is believed that Zayas was born the 12th of September in 1590 to Don Fernando de Zayas y Sotomayor and Doña María de Barasa. In her younger years, Zayas may have accompanied her father, an infantry captain who served the Count of Lemos in Naples between 1610 and 1616, to Italy. In her adulthood, the first half of the seventeenth century, Zayas lived, wrote, and participated actively in the literary academies in Madrid. Her literary gift was widely recognized by her peers, among them,

---

1 When a single word is translated in the margin, it is followed by °; when a short phrase is defined, it is preceded by ' and followed by °. On rare occasions, when marginal translations from one line spill over to the next line—if words from that next line are defined there—a semi-colon shows where the new definitions begin. See page 52, lines 5-7 for a good example of this.

Lope de Vega, who praised Zayas for "her rare and unique genius." However, following the publication of her laſt work, *Desengaños amorosos* (*Disenchantments of Love*) (1647), there is no further reference to her. Given that the name María de Zayas was fairly common in this era, two different women named María de Zayas are liſted as deceased in the years 1661 and 1669. No one can verify with absolute certitude which, if either, is the famous writer.[2]

With so little knowledge about this intriguing female writer, many critics have speculated about her beauty, or lack thereof, whether she married or remained single, or if she herself may have suffered a tragic love affair that left her wiser, but forlorn and wanting to warn other women of the perils of marriage. Perhaps she herself took refuge in the convent like many of her female heroines. What we do know is that Maria de Zayas was an extraordinary woman for her time, one of the moſt important writers of the Spanish Golden Age, and that she blazed a moſt vibrant trail for other female secular writers to follow. In an era when few Spanish women received any formal education and were not permitted voice or public life, it is absolutely remarkable that Zayas was so highly literate and skilled in her craft. Yet, Zayas, compelled to defend the rights and dignity of women, wrote in the prologue of the Novelas ejemplares y amorosas:

> Quién duda, leƈtor mío, que te causará admiración que una mujer tenga despejo, no sólo escribir un libro, sino para darle a eſtampa [...] Quién duda, digo otra vez, que habrá muchos que atribuyan a locura eſta virtuosa osadía de sacar a luz mis borrones, siendo mujer, que, en opinión de algunos necios, es lo mismo que una cosa incapaz.

And, with each new literary work that she produced, Zayas became increasingly more adamant in her political views and critical of the societal rules regarding gender.

---

2   Zayas, María de. *Desengaños amorosos*. Ed. Alicia Yllera. (Madrid: Catédra, 1983), p. 15.

Although widely read throughout Spain and all of Europe during the seventeenth-century, Zayas's literary works all but plunged
into obscurity in the eighteenth century, and, as Lisa Vollendorf
observes, "Zayas's texts were nearly squeezed out of the canon
when they were deemed vulgar by nineteenth-century critics. The
twentieth century rescued them from oblivion",[3] as many recently
published texts, among them *Reclaiming the Body: María de Zayas's
Early Modern Feminism* (2001) by Lisa Vollendorf, *Zayas and Her
Sisters* (2001) edited by Gywn E. Campbell and Judith A. Whitenack, *María de Zayas Tells Baroque Tales of Love and the Cruelty of
Men* (2000) by Margaret Greer, *The Cultural Labyrinth of María
de Zayas* (2000) by Marina Brownlee, and *María de Zayas: The
Dynamics of Discourse* (1995) edited by Amy R. Williamsen and
Judith A. Whitenack, attest. Clearly, there are numerous reasons
why María de Zayas stands out as an accomplished author, among
other secular writers of the Spanish Golden Age. Her published
works have survived the test of time and politics in their own
era, endured centuries of public scrutiny and censorship, and now
have found a contemporary audience that respects and delights
in Zayas's sometimes direct, sometimes ambiguous response to
the age-old questions of gender, sex, and writing as a woman in
Counter-Reformation Spain.

COUNTER-REFORMATION SPAIN AND THE FEMALE

What would begin as an initial reaction against the concept of
the Protestant Reformation, an attempt to reform the Catholic
Church, spiraled into what would become a national effort de-
creed by *los Reyes Católicos*, King Ferdinand and Queen Isabella, to
create with zeal the most Catholic country in the world. From the
beginning of their reign in 1469 through the seventeenth century,
the country's focus would be the pursuit of political and religious
unity. Clearly the most pivotal year in the history of Spain was
1492 with the discovery of the New World, the Fall of the Al-

---

3 Vollendorf, Lisa. *Reclaiming the Body: María de Zayas's Early Modern Feminism.* (Chapel Hill: U of North Carolina P, 2001), p. 21.

hambra, the last Muslim foothold, and the subsequent expulsion of all Jews and many Moors. Subsequently, the attempts to effect meaningful reform pressed beyond religious parameters. In fact, Spanish officials exerted serious efforts to not only define the faith practices of their citizens, but also to define culture and the level of tolerance of cultural diversity. The religious fervor continued and augmented throughout the sixteenth and seventeenth century via the Inquisition that encouraged citizens to denounce neighbors, relatives, and friends suspected of "tainted blood;" that is, non-Christian bloodlines. Seventeenth-century Spain also attempted to reestablish traditional order by prescribing rigid gender roles and subjecting women to ever-stricter controls. "One might even maintain" states Merrim, "that women were targeted as symbols of disorder and they were also scape-goated in very tangible ways [...]."[4] The authorial leaders of seventeenth-century Spanish pre-scriptive literature, like Fray Luis de León, played an important role in disseminating the cultural message that sexual division and prescriptive gender roles help a society maintain pure blood lines, order, and control. The "ideal" Spanish female or "mujer de valor" as Fray Luis de León describes in his treatise, *La perfecta casada*, has many duties, among them, as he states:

> Por donde lo justo y lo natural es, que cada uno sea aquello mismo para que es; y que la guarda sea guarda, y el descanso paz, y el puerto seguridad, y la mujer dulce y perpetuo refrige-rio y alegría de corazón, y como un halago blando que con-tinuamente esté trayendo la mano, y enmolleciendo el pecho de su marido.[5]

The metaphorical subtext of Fray Luis's passage is that the woman represents clay that the man can mold and shape as it suits his needs. Echoing Counter-Reformation Spain's goal to confine the female into the traditional maternal roles of wife, mother, or nun,

---

4 Ibid.

5 Luis de León, (Fray). *La perfecta casada*. Ed. Javier San José Lera. (Madrid: Espasa Calpe, 1992), p. 63.

Fray Luis reaffirms: "Como son los hombres para lo público, así las mujeres para el encerramiento, y como es de los hombres el hablar y el salir á luz, así dellas el encerrarse y encubrirse."[6] The reality, though, suggests that (at least some) women were defiantly rejecting the reimposition of conventional social order. Merrim's words confirm this active movement to thwart the gender pre-scribed roles:

> The mere publication of María de Zayas's novellas, not to speak of their aggressive feminism and extraordinary popular-ity, insinuates that despite efforts to deter them seventeenth-century women were contributing notably and publicly to their cultures.[7]

The seventeenth-century Baroque era, noted for its inherent contradictions and paradoxes, in both the context of reality and fiction, provides a perfect social platform in which one could wit-ness significant cultural and social advancement for the female sex within the parameters of increasing retrenchment for women. 'The seventeenth-century" asserts José Antonio Maravall, "was probably one of the worst in terms of men tightening their pres-sures on women."[8] In an effort to stabilize the representation of self and gender, the patriarchal order encouraged its society to exalt and praise only the female that stayed within the confines of the traditional maternal role.

ZAYAS'S NOVELAS AND THEIR THEMES

Zayas's literary works include at least one play or *comedia*, *La tra-ición en la Amistad* (ca. 1630) and two collections, each containing ten frame-taled novelas, the *Novelas ejemplares y amorosas (Amo-rous* and *Exemplary Novellas)* (1637) and the *Desengaños amorosos*

---

6   Ibid. p. 210.

7   Merrim, Stephanie. *Early Modern Women's Writing and Sor Juana Inés de la Cruz.* (Nashville: Vanderbilt UP, 1999), p. xxxvii.

8   Maravall, José Antonio.. *La literatura picaresca desde la historia social (siglos XVI y XVII).* (Madrid: Taurus, 1986), p. 654.

(Disenchantments of Love) (1647). The two collected works of *novelas* set within a frame that is itself a larger story, a borrowed model of the Renaissance Italian frame-taled narration, may seem reminiscent in the story motifs and structure of Chaucer's *Canterbury Tales*. However, the most direct influence for Zayas's works is undoubtedly the *Novelas ejemplares* (1613), a collection of twelve short stories, didactic in nature, about the social, political, and historical problems of Spain by Miguel de Cervantes.

Zayas, like her literary precursor Cervantes, well read and versed in her subject area, chose the clever juxtaposition and utilization of the well known Baroque concept of *engaño* and *desengaño* to set up the plot lines and teach the characters of the framing tale and, by extension, the outside readers about the potential perils of marriage and lost honor, even to the most virtuous and noble of women. The honor code also serves a decidedly important focus in her two sets of works. This code was an ethical system whose prescriptions varied according to one's place in the social hierarchy. Rank, gender, age, among other personal qualities, determined what types of behavior were considered honorable, and what degree of respect and deference one could expect from others. Tension existed, however, between how honor was defined in the abstract and how people used honor. Seventeenth-century Spanish moralists conceived of honor as part of a rigid structure of values and conduct, an almost tangible possession that one could gain or lose.

In Spain, honor depended on one's reputation for proper behavior, as judged by one's peers and neighbors, so personal honor was always vulnerable to slander that could redefine one's estimation in the eyes of others, sometimes referred to as the «¿Qué dirán?» Even though honor was meant to be a moral code, it more clearly served to prevent, mask, or redress humiliation than encourage virtue. Men were held responsible for the sexual conduct of women under their protection, including their wives, daughters, and sisters. This left male honor dangerously vulnerable to the actions of women and, more specifically, as Zayas's tales insinuate, to men outside the family that attempted to exploit female honor

to deſtroy the larger infraſtructure, the familial honor and reputation. Because male honor and female chaſtity were so thoroughly
intertwined, men might take violent revenge againſt anyone who
threatened, in word or deed, the sexual honor of "their" women—
if they did not direct their violence againſt the women themselves.
In order to better underſtand the author's ideas and literary message, it's worth looking at the ſtructure of both the *Novelas amorosas y ejemplares* and the *Desengaños amorosos* a bit more in depth.

Stemming from the verb *maravillar*, meaning "to fill with
wonder and amazement" Zayas coins her firſt collection of tales
maravillas or enchantments. Both the male and female frame-tale
characters have the opportunity to tell the tales of enchantment,
comment, and even debate. The *Novelas*, for the moſt part serious
and didactic, retain some moments of light-hearted humor and
a burlesque tone. They open the door, so to speak, for the darker
and more virulent vision of male/female relationships found in
the *Desengaños*. Not one of the tales in the *Desengaños* ends in a
happily-ever-after marriage. Moreover, in the second collection
of novelas, the literary circle is exclusive; only the female frame-
tale characters have the opportunity to narrate. Lisis, the principal
protagoniſt of the framing-tale *sarao* or soiree represents the de-
finitive arbitrator, deciding the topics to be discussed and laying
out the ground rules for all participants involved.

THE FOUR NOVELAS

This edition includes four of Zayas's novelas: two from the *Novelas ejemplares y amorosas*, *La fuerza del amor* (*The Power of Love*)
and *El jardín engañoso* (*The Magic Garden*) and two from the *Desengaños amorosos*, *La inocencia caſtigada* (*Innocence Punished*) and
Eſtragos que causa el vicio (*The Ravages of Vice*). *La fuerza del amor*
tackles the very serious subject of domeſtic abuse and how Laura,
the principal protagoniſt, who finds herself alone and helpless—
even her family abandons her to avoid having to see the violence
perpetrated againſt her—muſt seek out the assiſtance of a sor-
ceress to win back her honor and, potentially, her man. *El jardín
engañoso*, also a tale that includes black magic, focuses on the fe-

male heroine, Constanza, a happily married and virtuous woman who attempts to thwart the advances of a suitor, don Jorge, who will not be denied. *La inocencia castigada*, which comes from the *Desengaños*, is yet another tale of masculine obsession. In this narrative, a man named Don Diego will stop at nothing, including using witchcraft and magic, to possess a married woman, Doña Inés. However, the narration's more shocking and horrific moments come in the latter part of the narration when Inés's husband and family decide to take justice into their own hands and mete out their own personal style of retribution. In the final tale and perhaps most puzzling tale of the *Deseganos, Estragos que causa el vicio*, Zayas presents us with a tale of female obsession and desire. The principal female character, Doña Florentina, declares her hopeless love to her sister's husband, Don Dionís, and enters into an illicit love affair with him. Yet, it is the tragic twist and the seemingly deficient punishment for the anti-heroine that makes this tale intriguing and an interesting one for in depth classroom discussion and debate.

Zayas states in the prologue of the *Desengaños* that she would like these tales to "change the world" by changing the manner in which men and women think, communicate about, and treat women. It is my hope that you, students, will find myriad ideas to discuss and share in the classroom context and beyond based on these "world-changing" narratives. Further, it is my desire that you will also see how compelling, timeless, and useful these stories can be when compared and contrasted to twenty-first century gender roles and cultural and social contexts. Enjoy!

GRAMMATICAL NOTES

As you begin to read, you will notice that seventeenth-century Spanish is fairly similar to today's usage, but there are some grammatical items that deserve explanation, since they have either disappeared entirely from the Spanish language or they are used only rarely. What follows is an abbreviated guide through such issues as they pertain to the narratives.

Spelling
You will find many spelling variations throughout the *novelas,* all of which are glossed in the margin. Examples include: *infelice (infeliz), priesa (prisa), efeto (efecto), afeto (afecto), despego (desapego), solenizando (solemnizando).* In seventeenth-century Spain, the *x* was pronounced "sh." It would later develop to the modern *jota* pronunciation, spelled "j." Thus: *dixo, páxaro,* in this text.

Form of address
The formal "you" is designated by the terms *vuestra merced* 'your grace' which became the modern *usted.* The informal "you" is designated by *vos* and *tú,* but *vos* was generally used with one's equals and *tú* was reserved to address servants or others seen as hierarchically inferior. Yet, there are times when these two forms of address were mixed indiscriminately. The *vos* form IS NOT the equivalent of the modern vosotros form.

Pronouns
Object and reflexive pronouns, which normally precede conjugated verb forms, often follow the conjugated verb and are attached to it. For example, "**Alteróse** don Jorge con esto […]" or "Vio, en fin, a Laura, y **rindióle** el alma […]."

Also, worth noting is the use of the indirect object pronoun (*le, les*), when the direct object pronoun for masculine human beings (*lo* or *los*) should be used. This common practice, even today, principally in Spain, is called *leísmo.* Although considered ungrammatical by the Real Academia Española, it is an extremely common occurrence by even the most literate of people.

Contractions
In the older language, there were also more contractions with *de* than what we have a today. In those days, *de* could contract with demonstrative adjectives and pronouns:

"[…]aseguraba a Federico las veces que **desto** trataban[…]" or "Tuvo lugar la hermosa Constanza de hablar a Federico, sabiendo **dél** a pocos lances la voluntad […].”

Adjectives
We find both the shortened and the full forms of adjectives before
a masculine singular noun: “El primero día”; Additionally, the demonstrative adjectives, *aqueste, aquesta, aquesto* are archaic forms
of *esta, este,* and *esto,* respectively. They also occur in the plural:
aquestos (= estos) and *aquestas (= estas).*

Metathesis
Metathesis (transposition of sounds) in the third person object
pronoun and the plural imperative ending (*-ad, -ed,* or *–id*) is
common: *ataldes (atadles), teneldes (tenedles)*

Omitted “que”
Notably the “que” is missing from sentences requiring subjunctive:

> “ […] suplicándole pidiese a Laura que volviese” and “Y habi-
> endo ordenado se le sacase una sustancia […]”;

Verbs
The following verb usage can be found in the *novelas:*

1. preterite ending in *–istes* of second person plural (i.e., *hicistes* and
   not *hicisteis*);
2. use of subjunctive after porque meaning *para que:* “[…] le rogó
   le acompañase para ir a dar cuenta al gobernador, **porque** no le
   imaginasen cómplice en las heridas de Florentina […]”;
3. use of future subjunctive, which disappeared soon after Zayas's
   time. It was formed like the past subjunctive in *–ra* but with
   an *–e* instead of an *–a.* It was used after *si* ‘if’, where modern Spanish uses the present indicative: “Si **se tuvieren** por
   bachillerías, no me negaréis que no van bien trabajadas […].
   It is also used after certain conjunctions and other expressions
   where today the present subjunctive is used: “Saldrán mientras

durare el mundo";

4. preference of the *–iese* and *–ase* forms of the imperfect subjunctive, which is still commonly used in Spain today, over the *–iera* and *–ara* conjugation: "[L]e dijo que no se lo **negase**";

5. use of imperfect subjunctive instead of conditional (which is still common today): "[…] viéndole tú salir de la forma que le viste, **creyeses** lo que yo te había dicho";

6. use of imperfect subjunctive instead of pluperfect subjunctive (i.e. *hubiera perdido*) in an if clause of implied negation and for the conditional perfect in the result clause: "[…] a no alentarla los desdenes con que su hermana le trataba, mil veces **perdiera** la vida";

7. use of *haber de + infinitive* to express future tense: *he de morir, no he de hacer menos.*

BIBLIOGRAPHY

Brownlee, Marina S. *The Cultural Labryinth of María de Zayas*. Philadelphia: U of Pennsylvania P, 2000.

Castro, Américo. *De la edad conflictiva*. 4th ed. Madrid: Taurus, 1976.

Crow, John A. *Spain: The Root and the Flower: An Interpretation of Spain and the Spanish People*. 3rd ed. Berkeley: U of California P, 1985.

Cruz, Anne, and Mary Elizabeth Perry, eds. Introduction. *Culture and Control in Counter-Reformation Spain*. Minneapolis: U of Minnesota P, 1992.

González, Mike, ed. *Webster's New World Spanish Dictionary*. New York: Prentice Hall, 1992.

Grant, Michael. *Myths of Greeks and Romans*. New York: Mentor, 1962.

Greer, Margaret R. *María de Zayas Tells Baroque Tales of Love and Cruelty of Men*. University Park, PA: Pennsylvania State UP, 2000.

Holy Bible. Grand Rapids: Zondervan, 1988.

Luis de León, (Fray). *La perfecta casada*. Ed. Javier San José Lera. Madrid: Espasa-Calpe, 1992.

Maravall, José Antonio. *La cultura del barroco*. Barcelona; Editorial Ariel, 1983.

———. *La literatura picaresca desde la historia social (siglos XVI y XVII)*. Madrid: Taurus, 1986.

Merrim, Stephanie. *Early Modern Women's Writing and Sor Juana Inés de la Cruz*. Nashville: Vanderbilt UP, 1999.

Mitchell, Timothy. *Violence and Piety in Spanish Folklore*. Philadelphia: U of Pennsylvania P, 1988.

Perry, Mary Elizabeth. *Gender and Disorder in Early Modern Seville*. Princeton, Princeton UP, 1990.

Real Academia Española. *Diccionario de la lengua española*. Madrid: Espasa Calpe, 1992.

Urdang, Laurence, ed. *The Oxford Desk Dictionary*. New York: Oxford UP, 1995.

Vollendorf, Lisa. *Reclaiming the Body: María de Zayas's Early Modern Feminism*. Chapel Hill: U of North Carolina P, 2001.

Williamsen, Amy R. and Judith A. Whitenack, eds. *María de Zayas: The Dynamics of Discourse*. Madison N. J.: Farleigh Dickinson UP, 1995.

Wilson, Katharina M., and Frank J. Warnke. *Women Writers of the Seventeenth Century*. Athens: U of Georgia P, 1989.

Zayas, María de. *Desengaños amorosos*. Ed. Alicia Yllera. Madrid: Catédra, 1983.

———. *The Disenchantments of Love*. Trans. H. Patsy Boyer. Albany: State U of New York P, 1997.

———. *The Enchantments of Love: Amorous and Exemplary Novels*. Trans. Patsy Boyer. Berkeley: U of California P, 1990.

———. *Novelas ejemplares y amorosas*. Ed. Eduardo Rincón. Madrid: Alianza Editorial, 1990.

La fuerza del amor

EN NÁPOLES,[1] INSIGNE Y famosa ciudad de Italia por
su riqueza, hermosura y agradable sitio, nobles ciuda-
danos y gallardos° edificios, coronados de jardines y   elegant
adornados de cristalinas fuentes, hermosas damas y gallardos
caballeros, nació Laura, que entre las más gallardas y hermosas fue tenida por celestial extremo; pues habiendo escogido
los curiosos ojos de la ciudad entre todas ellas once, y de estas
once tres, fue Laura de las once una, y de las tres una. Fue
tercera en el nacer, pues gozó del mundo después de haber
nacido en él dos hermanos tan nobles y virtuosos como ella
hermosa. Murió su madre del parto° de Laura, quedando su   giving birth
padre por gobierno y amparo° de los tres gallardos hijos, que,   comfort
'si bien° sin madre, la discreción del padre suplió mediana-   although
mente esta falta.

Era don Antonio (que éste era el nombre de su padre)
del linaje° y apellido de Garrafa, deudo° de los duques de   lineage, relative
Nochera, y señor de Piedrablanca, lugar que tiene su asiento°   estate
cuatro millas de Nápoles, si bien su casa y estancia la tenía en
dicha ciudad.

Criáronse° don Alejandro, don Carlos y Laura con la   = se criaron *they were*
grandeza y cuidado° que su estado pedía, poniendo su noble   *raised;* care
padre en esto el cuidado que requerían su estado y riqueza,
enseñando a los hijos en las buenas costumbres y ejercicios
que dos caballeros y una tan hermosa dama merecían,° vi-   they were deserving,
viendo la bella Laura con el recato° y honestidad que a una   modesty
mujer tan rica y principal era justo, 'siendo los ojos° de su   being the delight of
padre y hermanos y alabanza° de la ciudad.   praise
Quien más 'se señalaba en querer° a Laura era don Car-   doted on
los, el menor de los dos hermanos, que la amaba tan tierno,

---

1 **Nápoles** There is some evidence to suggest that María de Zayas resided
in Naples during her youth based on the family's relationship with the Count
of Lemos. Her father don Fernando purportedly served the count of Lemos
between 1610-1616. Further, her patent knowledge of Naples's geography and
its Italian customs suggests a tangible familiarity with the city.

que se olvidaba de sí por quererla; y no era mucho, que las
gracias de Laura, su belleza, su discreción, su recato, y sobre
todo su honeſtidad, obligaba, no sólo a los que tan cercano
deudo tenía con ella, mas a los que más apartados eſtaban de
vista.

No hacía falta su madre para recogimiento,° demás de   protection
ser su padre y hermanos vigilantes guardas de su hermosu-
ra; y quien más cuidadosamente velaba° a eſta señora eran   watched over
sus honeſtos y recatados pensamientos; si bien, cuando llegó
a la edad de discreción, no pudo negar° su compañía a las   deny
principales señoras sus deudas, para que Laura pagase a las
desdicha, la que le debe la hermosura.[2]

Es uso y coſtumbre en Nápoles ir las doncellas a los sa-
raos° y feſtines que en los palacios del virrey y casa particula-   soirées
res de caballeros se hacen; aunque en algunas tierras de Italia
'no lo aprueban° por acertado, pues en las más de ellas se les   they don't approve of
niega haſta el ir a misa, sin que baſten a derogar° eſta ley, que   to repeal
ha pueſto en ellas la coſtumbre, las penas que los miniſtros
eclesiáſticos y seglares° les ponen.   laymen

Salió, en fin, Laura a ver y ser viſta, tan acompañada
de hermosura como de honeſtidad, aunque, a acordarse de
Diana,[3] no se fiara de su recato. Fueron sus bellos ojos basi-
liscos[4] de las almas, su gallardía° monſtruo de las vidas, y su   grace
riqueza y nobles partes,° cebo° de los deseos de mil gallardos   qualities, bait
y nobles mancebos° de la ciudad, pretendiendo por medio de   young men
casamiento gozar de tanta hermosura.

Entre los que pretendían servir a Laura 'se aventajó° don   had the advantage
Diego de Pinatelo, de la noble casa de los duques de Mon-
teleón, caballero rico y galán° discreto, y de tanta envidia de   suitor
partes, que no hiciera mucho que fiado en ellas se prometiera
las de la bella Laura,[5] y dar codicia° a sus padres para desear   envy

---

2 **Para que...** *For this, her great beauty would have to pay its price to
misfortune*

3 **Diana** was the Roman goddess of hunting, chaſtity, and the moon.

4 **Basilisco** The basilisk is a mythical king of serpents, believed to have
originated from the Hooded Cobra of India, that could kill any living thing
with merely a glance.

5 **Que no hiciera...** *That he felt sure he could win the beautiful Laura*

tan noble marido para su hija, pues entre los muchos pretendientes° de su hermosura prenda° llevaba don Diego la victoria. Vio, en fin, a Laura, y rindióle° el alma, con tal fuerza, que casi no la acompañaba sino sólo por no desamparar° la vida (tal es la hermosura mirada en ocasión). Túvola° don Diego en un festín que se hacía en casa de un príncipe de los de aquella ciudad, no sólo para verla, sino para amarla, y después de amarla darla a entender su amor, tan grande en aquel punto como si hubiera mil años que la amaba.

    Úsase° en Nápoles llevar a los festines un maestro de ceremonias, el cual saca a danzar a las damas[6] y las da al caballero que le parece. Valiose° don Diego en esta ocasión del que en el festín asistía (¿quién duda que sería a costa de dinero?), pues apenas calentó con él las manos del maestro, cuando vio en las suyas las de la bella Laura, el tiempo que duró el danzar una gallarda;[7] mas no le sirvió de más que de arderse° con aquella nieve, pues 'se atrevió a° decir: "Señora mía, yo os adoro," cuando la hermosa dama, fingiendo° justo impedimento, le dejó y se volvió a su asiento, dando que sospechar a los que miraban y que sentir° a don Diego. El cual quedó tan triste como desesperado, pues en lo que quedaba de día no mereció de Laura el que ni siquiera le favoreciese siquiera con los ojos.[8] No porque a los de la bella señora pareciese mal la gallardía de don Diego, sino por dar a su honestidad el lugar que siempre había tenido en su valor.

    Llegó la noche y bien triste para don Diego, pues con ella Laura se fue a su casa, y él a la suya, donde acostándose en su cama (común remedio de tristes, que luego consultan las almohadas,[9] como si ellas les hubiesen de dar remedio), 'dando vueltas° por ella, empezó a quejarse° tan lastimosamente de su desdicha, si lo era haber visto la belleza que le tenía 'tan fuera de sí,° que si en esta ocasión 'fuera oído° de la causa de

---

    6 El cual... *This man leads the ladies out to dance*

    7 La gallarda The Galliard was a Renaissance Dance, popular throughout all of Europe during the sixteenth century.

    8 El que... *He didn't merit a single glance from Laura*

    9 Consultar la almohada *To consult the pillow* is an expression meaning "to sleep on it."

Marginal glosses:

suitors, guarantee

= **le rindió** *surrendered*

abandon

= **la tuvo**

= **se usa** *customarily*

= **se valió**

to burn

he dared

pretending

to suffer

tossing and turning, to complain

out of his mind, = **hubiera oído**

su pena, fuera° más piadosa° que había sido aquella tarde.

"¡Ay!" decía el lastimado mancebo, "Divina Laura, y con qué crueldad oíste aquella tan sola como desdichada palabra que ti dije! como si el saber que esta alma es más tuya que la misma que posees fuera afrenta[10] para tu honestidad y linaje, pues es claro que si pretendo emplearla en tu servicio 'ha de ser° haciéndote mi esposa, y con esto no pierdes opinión° ninguna. ¿Es posible, amado dueño, que siendo la vista tan agradable sea el corazón tan cruel, que no te deja ver que después que te vi no soy el que era primero? Ya vivo sin alma y siento sin sentido; y finalmente, todo cuanto soy he rendido a tu hermosura. Si en esto te agravio,° culpa° a ella sola, que los ojos que la miran no pueden ser tan cuerdos° que se aparten, si una vez la ven, de desearla. ¿Mas, qué mayor cordura que amarte? Nunca más cuerdo y bien entendido, que después que me llamo esclavo tuyo. ¡Ay de mí, y qué sin causa me quejo, pues fuera° bien mirar que estaba Laura obligada a tratarme ásperamente,° si pone los ojos en su honestidad y obligación, pues no fuera razón admitir mi deseo tan presto° como nació, pues apenas fue criada la voluntad cuando fue dicha! Rico soy, mis padres en nobleza no deben nada a los suyos, pues ¿por qué me falta esperanza? Pidiéndola por mujer a su padre no me la ha de negar. ¡Ánimo, cobarde corazón! que bien se ve que amas, pues tanto temes, que no ha de ser mi desdicha tan grande que no alcance° lo que deseo."

En estos pensamientos pasó don Diego la noche, ya animado con la esperanza, ya desesperado con el temor, condición natural de amor mientras la hermosa Laura, tan ajena de sí cuanto propia de su cuidado,[11] llevando en la vista la gallarda gentileza de don Diego y en la memoria el *yo os adoro*, que le había oído, ya se determinaba a querer y ya pidiéndose 'estrecha cuenta° de su libertad y perdida opinión, como si en sólo amar 'se hiciese yerro,° arrepentida° se reprehendía° a sí misma, pareciéndole que ponía en condición, si amaba, la obligación de su estado, y si aborrecía,° se obligaba el mismo

Marginal glosses: = habría sido, kindly; = será, honor; I offend, blame; wise; = era; harshly; soon; reaches; limited accountability; she had made an error; repentant, = reprendía; hated

---

10   **Fuera afrenta...** *There can be no offense*
11   **Tan ajena...** *Was musing about the object of her concern*

peligro. Eſtaba la mujer más confusa de la tierra, ya caminando adelantes sus deseos, y ya volviendo los paso atrás, que su amor daba adelante, y con tales pensamientos y cuidados,° worries empezó a negarse a sí misma el guſto, y a la gente de su casa su conversación, deseando ocasiones para ver la causa de su cuidado.

Y dejando pasar los días al parecer de don Diego, con tanto descuido,° que se ocupaba en otra cosa sino en dar que- inattention jas contra el desdén° de la enamorada señora, la cual no le spite daba, aunque lo eſtaba, más favores que los de su viſta, y eſto tan al descuido y con tanto desdén, que no tenía lugar para decirle su pena, porque aunque la suya la pudiera obligar a dejarse pretender, el cuidado° con que la encubría° era tan care, covered grande, que a sus más queridas criadas guardaba el secreto de su amor, aunque su triſteza, no sólo les daba sospecha de alguna grande causa, mas ponía en temor a su padre y hermanos, y más a don Carlos, que como la amaba con más terneza, reparaba° más en su disguſto, y fiado en su amor la° noted, = le preguntaba muchas veces la causa de su triſteza, casi sospechando en ver los continuos paseos de don Diego, parte de su cuidado; si bien Laura, dando culpa a su propia salud, divertía el que podían tener fiados en su mucho recato y buen entendimiento; mas no tanto que no anduviesen hechos vigilantes espías de su honor.

Sucedió° que una noche de las muchas que a don Diego it happened le amanecían a las puertas de Laura,[12] viendo que no le daban lugar para decir su pasión, trajo a la calle un criado que con un inſtrumento fuese° tercero° de ella, por ser su dulce y = era, intermediary agradable voz de las buenas de la ciudad había, procurando declarar en un romance,° que al propósito había hecho, su ballad amor y los celos° que le daba un caballero noble y rico, que jealousy por ser amigo muy querido de los hermanos de Laura entraba muy 'a menudo° en su casa, creyendo que los descuidos de often Laura nacían de tener pueſta la voluntad en él, afetos° de un = afectos celoso 'levantar teſtimonios° a los inocentes. En fin, el músi- can raise false evidence

---

12 **Le amanecían...** *Don Diego was waiting for dawn to arrive at Laura's door*

co cantó así:

Si el dueño que elegiſte,
altivo° pensamiento   arrogant
reconoce obligado
otro dichoso dueño,
¿por qué te andas° perdido   wander
sus pisadas° siguiendo,   footsteps
sus acciones notando,
su viſta pretendiendo?
¿De qué sirve que pidas
ni su favor al Cielo,
ni al amor imposibles,
ni al tiempo sus efetos?
¿Por qué a los celos llamas,
si sabes que los celos
a favor de lo amado
imposibles son hecho?
Si a tu dueño deseas
ver ausente, eres necio,°   foolish
que, por matar, matarte
no es pensamiento cuerdo.[13]
Si a la discordia pides
que haga lance° en su pecho,   sword
bien ves que a los disguſtos
los guſtos vienen ciertos.
Si dices a los ojos
digan su sentimiento,
ya ves que alcanzan° poco,   they accomplish
aunque más miren tiernos.
Si quien pudiera darte
en tus males remedio,
que es amigo piadoso
siempre agradecimiento.
También preso° le miras   prisoner

---

13 **Que por...** *For it makes no sense to punish yourself simply because you wish to punish her*

en ese ángel soberbio,°   proud
¿cómo podrá ayudarte
en tu amoroso intento?
Pues si de tus cuidados,
que tuvieras por premio,
si tu dueño dijera,
de ti láſtima tengo.
Miras tu dueño y miras
sin amor a tu dueño,
y aún eſte desengaño°   disillusionment
no te muda° el intento.   change
A Tántalo[14] pareces,
que el criſtal lisonjero°   fleeting
casi en los labios mira,
y nunca llega a ellos.
¡Ay Dios, si merecieras
por tanto sentimiento
algún fingido engaño,°   deception
porque tu muerte temo,
fueran° de Purgatorio,   **= deben ser**
tus penas, pero veo
que son sin esperanzas
las penas del Infierno!
Mas si elección hiciſte,
morir es buen remedio
que volver las espaldas
será cobarde hecho.

Escuchando eſtaba Laura la música desde 'los principios°   **= el principio**
de ella por una menuda celosía[15] y determinó a volver por su

---

14 **Tántalo** Tantulus In Greek Mythology, Tantalus, son of Zeus, was favored by mortals. However, he abused the gueſt-hoſt relationship and was punished. The caſtigation entailed enticing him with copious amounts of food and water, but making sure that both sources of nourishment were always juſt out of his reach.

15 The Spanish Counter-Reformation insiſted upon enclosure or what it deemed natural confinement for women in the form of house, convent or brothel. Therefore, men and women that courted would do so by ſpeaking through the *rejas* (or bars on a window) or *la celosia* (shuttered window) of

opinión,[16] viendo que la perdía en que don Diego, por sospechas falsas, como en sus versos mostraba, se la quitaba. Y
así lo que el amor no pudo hacer, hizo este temor de perder
su crédito, y aunque batallando su vergüenza° con su amor,   shame
se resolvió a volver por sí,[17] como lo hizo, pues abriendo la
ventana, le dijo (viéndole cerca, con la voz baja por no ser
sentida°):   heard

   "Milagro fuera,° señor don Diego, que siendo amante no   = sería
fuerais celoso, pues jamás se halló° amor sin celos, ni celos sin   been found
amor; mas son los que tenéis tan falsos, que me han obliga-
do a lo que jamás pensé, porque siento mucho ver mi fama
en lenguas de poesía y en las cuerdas° de este laúd;[18] y lo   strings
que peor es, en la boca de ese músico, que siendo criado será
fuerza ser enemigo. Yo no os olvido por nadie, que si alguno
en el mundo ha merecido mas cuidados, sois vós, y seréis el
que me habéis de merecer, si por ello 'aventurarse la vida.°   taking the risk
Disculpe vuestro amor mi desenvoltura° y el verme ultrajada°   outburst, offended
mi atrevimiento, y tenelde° desde hoy para llamaros mío, que   = tenedle
yo me tengo por dichosa en ser vuestra. Y creedme que no
dijera esto, si la noche con su oscuro manto no me excusa-
ra° la vergüenza y colores que tengo en decir estas verdades,   = excusaría
engendradas desde el día que os vi y nacidas en esta ocasión,
donde han estado desde entonces, sin haberlas oído ninguno
sino vos; porque me pesara° que nadie fuera testigo de ellas,°   = pesaría= *would*
sino el mismo que me obliga a decirlas."   *grieve;*, her confessi

   Pidiendo licencia a su turbación, el más alegre de la tierra
quiso responder y agradecer a Laura el enamorado don Diego, cuando sintió abrir las puertas de la propia casa y saltear-
le° tan brevemente de dos espadas, que, a no estar prevenido   to attack him
y sacar el criado la suya, 'pudiera ser° que no le dieran° lugar   = podría haber sido,
para llevar sus deseos amorosos adelante.   = darían

   Laura que vio el suceso y conoció a sus dos hermanos,

the lady's house.
16 **A volver...** *To defend her reputation (honor)*
17 **Se resolvió...** *She made up her mind to defend herself*
18 **Laúd** Lute, a plucked string instrument of Arabic origin, was a popular musical choice in the Renaissance and Baroque era, especially as an accom-
paniment to vocals.

temerosa de ser sentida, cerró 'lo más paso° que pudo la ventana y se retiró a su aposento,° acoftándose más por disimular que por desear reposo,° pues mal le podría tener viendo su alma por tantas partes en peligro.

Fue, pues, el caso que como don Alejandro y don Carlos oyesen° la música, se levantaron a toda prisa, y salieron como he dicho, con las espadas en las manos, las cuales fueron, si no más valientes que las de don Diego y su criado, a lo menos 'más dichosas;° pues saliendo herido de la pendencia,° 'hubo de° retirarse, quejándose de su desdicha, aunque más jufto fuera llamarla ventura,° pues fue fuerza que supiesen sus padres la causa, y viendo lo que su hijo granjeaba° con tan noble casamiento, sabiendo que era éfte su deseo, pusieron terceros que lo tratasen con el padre de Laura. Y cuando pensó la hermosa Laura que las enemiftades serían causa de eternas discordias, se halló esposa de don Diego, con tanto gufto de todos, particularmente de los amantes, que sería locura querer reducirlo a efta breve suma.

¿Quién verá efte dichoso suceso y considerase el amor de don Diego, sus lágrimas, sus quejas y los ardientes deseos de su corazón, que no tenga a Laura por dichosa? ¿Quién duda que dirán los que tienen en esperanzas sus pensamientos: ¡Oh quién fuera tan venturosos que mis cosas tuviesen tan dichoso fin como el de efta noble dama!; y más las mujeres, que no miran más inconvenientes que su gufto. Y de la misma suerte, ¿quién verá a don Diego gozar en Laura un asombro° de hermosura, un extremo de riqueza, un colmo° de entendimiento y un milagro de amor, que no diga que no crió otro más dichoso el Cielo? Pues, por lo menos, eftando las partes en todo tan iguales, no será difícil de creer que efte amor había de ser eterno, y lo fuera° si Laura no fuera° como hermosa desdichada, y don Diego como hombre mudable, pues a él no le firvió el amor contra el olvido, ni la nobleza contra el apetito;° ni a ella le valió la riqueza contra la desgracia,° la hermosura contra el desprecio, la discreción contra el desdén, ni el amor contra la ingratitud, bienes° que en efta edad cueftan mucho y se eftiman en poco. ¿Qué le faltaba a Laura para ser dichosa? Nada, si no haberse fiado de amor y

as quickly as

room

rest

= oían

luckier, struggle

= tuvo que

fortune

was gaining

epitome, culmination

= hubiera sido, = habría sido

sexual desire

bad luck

virtues

creer que era poderoso para vencer° los mayores imposibles · to overcome
que harto lo era pedir a un hombre firmeza, y más si posee;
estime, y darela° aborrecida, aunque sea más bella que Ve- · = la daré
nus.[19]

Fue el caso que don Diego, antes que amase a Laura, había
empleado sus cuidados en Nise, gallarda dama de Nápoles, si
no de lo mejor de ella, por lo menos no era de lo peor, ni sus
partes tan faltas de bienes de naturaleza y fortuna que no la
diese muy 'levantados pensamientos.° Mas, aunque noble, de · high aspirations
lo que su calidad merecía, pues los tuvo de ser de don Diego,
y a este título le había dado todos los favores que pudo y él
quiso. Pues como los primeros días y aun los meses de casado
se descuidase de Nise, procuró con las veras° posibles saber la · fervor
causa, y diose en eso tal modo en saberla que no faltó quien
se lo dijo todo; demás que como la boda había sido pública, y
don Diego no pensaba ser su marido, no se recató de nada.[20]
Sintió Nise con grandísimo extremo ver casado a don Diego,
mas al fin era mujer, y con amor, que siempre olvidan agravios, aunque sea a costa de su opinión. Procuró gozar de don
Diego, ya que no como marido, a lo menos como amante, pareciéndole no poder vivir sin él, y para conseguir su propósito,
solicitó con papeles,° y obligó con lágrimas a que don Diego · letters
volviese a su casa, que fue la perdición de Laura, porque Nise
supo con tantos regalos enamorarle de nuevo, que ya empezó
Laura a ser enfadosa,° como propia, cansada, como celosa y · irritated
olvidada, como aborrecida; porque don Diego amante, don
Diego solícito, don Diego porfiado° y, finalmente, don Diego, · stubborn
que decía a los principios ser el más dichoso del mundo, no
sólo negó todo esto, mas se negó a sí mismo lo que se debía;
pues los hombres que desprecian tan a las claras están dando
alas al agravio; y llegando un hombre a esto, cerca está de
perder el honor.

Empezó a ser ingrato,° faltando a la cama y mesa, libre · cruel
en no sentir pesares que daba a su esposa, desdeñoso° en no · disdained
estimar sus favores y su desprecio en decir libertades, pues es

19 **Venus** was the Roman goddess of love and beauty.
20 **No se recató...** *He didn't try to hide it at all*

'más cordura° negar lo que se hace que decir lo que se piensa.   wiser
¿Qué espera un hombre que hace tales desaciertos? No sé si
diga que su afrenta.[21]

Pues como Laura conoció tantas novedades en su esposo,
empezó con lágrimas a mostrar sus pesares, y con palabras a
sentir sus desprecios, y en dándose una mujer por sentida° de   insulted
los desconciertos° de su marido, dese por perdida; pues como   improprieties
es fuerza decir su sentimiento, daba causa a don Diego, para
no sólo tratarla mal de palabras, mas a poner las manos en
ella, sin mirar que es infamia. Sólo por cumplimento iba a su
casa la vez que iba, tanto la aborrecía y desestimaba, pues le
era el verla más penoso que la muerte.

Quiso Laura saber la causa de estas cosas, y no le faltó quien le dio larga cuenta de ellas, porque a los criados
no es menester° darles tormento para que digan las faltas de   necessary
sus amos, y no sólo verdades, pues saben también componer
mentiras; y así los llama un curioso poeta en prosa, común
desdicha de los que no se pueden servir a sí mismo. Lo que
remedió Laura en saber las suyas fue al sentirlas; mas vién-
dolas sin remedio (pues no le° hay cuando las voluntades dan   = lo
traspiés)[22] que por eso dice el proverbio moral: ni voluntad, si
se trueca, que vuelva a su ser primero;[23] pues si el remedio no
viene de la parte que hace el daño,° no hay cura en tan gran-   damage
de mal, y por la mayor parte los enfermos de amor[24] pocos o
ninguno desean ser sanos.°   healthy

Lo que ganó Laura en darse por entendida de las libertades de don Diego fue darle ocasión para perder más la vergüenza, e irse más desenfrenadamente° tras sus deseos, que   without restraint
no tienen más recato el vicioso que hasta que es su vicio público.

Vio Laura a Nise en una iglesia, y con lágrimas le pidió
que desistiese de su pretensión, pues con ella no aventuraba

---

21 **No sé...** *I don't know if I should say that he should anticipate some offense to his honor*

22 **Pues no...** *When the will falters there can be no hope*

23 **Ni voluntad...** *Will once twisted can never be straightened*

24 In seventeenth-century Spain, love and jealousy were referred to as
illnesses.

más que perder la honra y ser causa de que ella pasase mala
vida. Nise, rematada° de todo punto como mujer que ya no
estimaba su fama ni temía caer en más bajeza que en la que
estaba, respondió a Laura tan desabridamente,° que con lo
mismo que pensó la pobre dama remediar su mal y obligarla,
con eso le dejó más sin remedio y más resuelta a seguir su
amor con más publicidad. Perdió de todo punto el respeto a Dios y al mundo, y a si hasta allí con recato enviaba a
don Diego papeles, regalos, y otras cosas, ya sin él, ella y sus
criadas le buscaban, siendo libertades para Laura nuevos tormentos y fierísimas pasiones, pues ya veía en su desventura
menos remedio que primero; pasaba sin esperanzas las más
desconsolada vida que decirse puede. Tenía sin fin celos, ¿qué
milagro? como si dijéramos rabiosa enfermedad.

Notaban su padre y sus hermanos su tristeza y deslucimiento,° y viendo la perdida hermosura de Laura (si bien ella
les encubría su disgusto lo más que le era posible, temerosa
de algún mal suceso), vinieron a rastrear° lo que pasaba y los
malos pasos en que andaba don Diego, y tuvieron sobre el
caso muchas rencillas,° grandes disgustos, hasta llegar a pe-
sadumbres° declaradas.

De esta suerte pasó la hermosa y triste Laura algunos
días, siendo, mientras más pasaban, más las libertades de su
marido y menos su paciencia. Como no siempre se pueden
llorar desdichas, quiso una noche, que la tenían bien desvela-
da° sus cuidados y la tardanza de don Diego cantando divertirlas, si se puede creer que se divierten,[25] que yo pienso que
se aumentan,° y no dudando que estaría don Diego en los
brazos de Nise, tomó un harpa, en que las señoras italianas
son muy diestras,° y unas veces llorando y otras cantando, disimulando el nombre de don Diego con el de Albano, cantó
así:

> ¿Por qué, tirano Albano,
> si a Nise reverencias,

Margin glosses:
- hopeless *(line 2)*
- unpleasantly *(line 4)*
- dullness *(line 16)*
- to check into *(line 18)*
- disputes *(line 20)*
- sorrows *(line 21)*
- unable to sleep *(line 25)*
- they increase *(line 28)*
- skilled *(line 30)*

---

25 **Cantando divertirlas...** *By singing ease her sorrows, if one can believe
that it eases them*

y a su hermosura ofreces
de tu amor las finezas;
Por qué, si de sus ojos
está tu alma presa
y a los tuyos su cara
es imagen tan bella;
Por qué si en sus cabellos
la voluntad enredas,°   entangles
y ella a ti agradecida,
con voluntad te premia;
Por qué si de su boca,
caja de hermosas perlas,
gustos de amor escuchas,
con que tu gusto aumentas;
A mí, que por quererte
padezco inmensas penas,
con deslealtad y engaños
me pagas mis firmezas?°   constancy
¿Y por qué si a tu Nise
das del alma las veras,
a mí, que me aborreces
no me das muerte fiera?°   cruel
Y ya que me fingiste amorosas ternezas,
dejárasme vivir
en mi engaño siquiera;
emplearas tu gusto,
tu memoria y potencias°   power
En adorarla, ingrato,
y no me lo dijeras.
¿No ves que no es razón
acertada° ni cuerda   right
despertar a quien duerme,
y más, si amando, pena?
¡Ay de mí, desdichada!
¿qué remedio me queda,
para que el alma mía
a este cuerpo vuelva?
¡Dame el alma, tirano!

mas, ¡ay! no me la vuelvas,
que más vale que el cuerpo
por esta causa muera.
Mas, ¡ay! que si en tu pecho
la de tu Nise encuentra,
aunque inmortal, es cierto
que se quedara muerta.[26]
¡Piedad, Cielos, que muero,
mis celos me atormentan,
hielo que abrasa el alma,
fuego que el alma hiela!
¡Mal haya,° amén, mil veces,   a thousand curses!
Celio tirano, aquella
que en prisiones de amor
prender° su alma deja!   to capture
Lloremos ojos míos
tanta lágrimas tiernas,
que del profundo mar
se cubran las arenas.
Y al son° de aquestos celos,   tune
instrumentos de quejas,
cantaremos llorando
lastimosas endechas.[27]
Oíd atentamente,
nevadas y altas peñas,°   peaks
y vuestros ecos claros
me sirvan de respuesta;
escuchad, bellas aves,
y con arpadas° lenguas   melodious
ayudaréis mis celos
con dulces cantilenas.[28]
Mi Albano adora a Nise
y a mí penar me deja;
éstas sí son pasiones,

---

26 **Aunque inmortal...** *Even though the soul is immortal, the body still must surely die*

27 Endechas are songs of mourning that are sung for the dead.

28 Cantilenas are traditional love songs.

aquestas sí son penas.
Su hermosura divina
amoroso celebra,
y por cielos adora
papeles de su letra.
¿Qué dirías Ariadna[29]
que lloras y lamentas
de tu amante desvíos,°   inconstancy
sinrazones y ausencias?
Y tú, afligido Feníceo,[30]
aunque tus carnes veas
con tal rigor comidas
por el águila° fiera;   eagle
y si atado° al Cáucaso   tied
padeces, no le sientas,
que mayor es mi daño,
más fuertes mis sospechas.
Desdichado Exión,[31]
no sientas de la rueda°   wheel
el penoso ruido,°   noise
porque mis penas sientas.
Tántalo, que a las aguas,
sin que gustarlas puedas,
llegas, y no la alcanzas,
pues huye,° si te acercas.°   it flees, you approach
Vuestras penas son pocas,
aunque más se encarezcan,°   they grow larger

---

29 **Ariadna** Ariadne, of Greek Mythology, was the daughter of King Minos. She fell in love with Theseus at first sight and she helped him overcome the Minotaur by giving him a sword and a ball of red fleece thread she was spinning so he could find his way out of the Minotaur's labyrinth.

30 **Feníceo** This appears to be a reference to Prometheus who, in Greek Mythology, stole fire from Zeus and gave it to mortals for their own use. As punishment for provoking Zeus's wrath, Prometheus was chained to a rock in the Caucasus where his liver was eaten daily by an eagle only to be regenerated at night.

31 **Ixión**, King of the Lapiths, engendered a Centauros with the (false) goddess Hera, which mad Zeus angry. Thus, Ixion was expelled from Olympus and condemned to spin eternally on a wheel of fire in Hell.

pues no hay dolor que valga,
si no es que celos sean.
Ingrato, ¡plegue° al Cielo   may it please
que con celos te veas,
5   rabiando° como rabio;   raging
y que cual yo padezcas![32]
¡Y esa enemiga mía
tantos te dé, que seas
un Midas[33] de cuidados,
10   como el de las riquezas!

¿A quién no enterneciera[34] Laura con quejas tan dulces y
bien sentidas, si no a don Diego, que se preciaba de ingrato?
El cual, entrando al tiempo que ella llegaba con sus endechas
15   a este punto y las oyese y entendiese el motivo de ellas, des-
obligado con lo que pudiera obligarse, y enojado de lo que
fuera justo agradecer y estimar, empezó a maltratar a Laura
de palabras, diciéndole tales y tan pesadas que la obligó a que,
vertiendo° cristalinas corrientes° por su divino rostro (perlas   spilling, torrents
20   que las estimara el Alba° para bordar° las flores de los 'ame-   Dawn, to stitch
nos prados,° en los dos floridos meses de abril y mayo), le   spring meadows
dijese:
"¿Qué es eso, ingrato? ¿Cómo das tan largas alas a la libertad de tu mala vida, que, sin temor del Cielo ni respeto, te
25   enfades de lo que fuera justo alabar? Córrete de que el mundo entienda y la ciudad murmure tus vicios, tan sin rienda,°   restraint
que parece que estás despertando con ellos tu afrenta y mis
deseos. Si te pesa de que me queje de ti, quítame la causa que
tengo para hacerlo, o acaba con mi cansada vida, ofendida
30   de tus maldades. ¿Así tratas mi amor? ¿Así estimas mis cuidados? ¿Así agradeces mis sufrimientos? Haces bien, pues
no tomo a la causa de estas cosas, y la hago entre mis manos
pedazos.° ¡Ay de mí,° que a tal desdicha he venido! Y digo   shreds, woe is me!
mal en decir ¡ay de mí! pues fuera más acertado decir ¡ay de
35   ti! que vas con tus maldades despertando la venganza que el

---

32 **Y que...** *And suffering as I suffer*
33 King Midas had the ability to turn all that he touched into gold.
34 **¿A quién no enterneciera...** *Who wouldn't it deeply touch*

Cielo te ha de dar, y abriendo camino ancho para tu perdición, pues Dios se ha de cansar de sufrirte, y el mundo de tenerte, y la misma que idolatras te ha de dar el pago. Tomen escarmiento° en mí las mujeres que se dejan engañar de promesas de hombres, pues pueden considerar que, si han de ser como tú que más se ponen a padecer que a vivir. ¿Qué espera un marido que hace lo que tú, si no que su mujer, olvidando la obligación de su honor, se le quite, no porque yo lo he de hacer, aunque más ocasiones me des? que el ser quien soy, y el grande amor que por mi desdicha te tengo, no me darán lugar. Mas temo que has de darles a los viciosos como tú para que pretendan lo que tú desprecias, y a los maldicientes y murmuradores para que lo imaginen y digan. Pues, ¿quién verá una mujer como yo y un hombre como tú que no tenga tanto atrevimiento como tú descuido? `punishment`

Palabras eran éstas para que don Diego, abriendo los ojos del alma y del cuerpo, viese la razón de Laura; pero como tenía tan llena el alma de Nise como desierta de su obligación, acercándose más a ella y encendido en una infernal cólera, le empezó a maltratar de manos, tanto que las perlas de sus dientes presto tomaron forma de corales, bañados en la sangre que empezó a sacar en las crueles manos. Y no contento con esto, sacó la daga para salir con ella de yugo° tan `burden` pesado como el suyo. A cuya acción las criadas que estaban procurando apartarle de su señora, alzaron las voces, dando gritos, llamando a su padre y hermanos, que desatinados° y `furious` coléricos subieron al cuarto de Laura, y viendo el desatino de don Diego y a la dama bañada en sangre, que de la boca le salía, creyendo don Carlos que la había herido, arremetió° a `attacked` don Diego y quitándole la daga de la mano, se la iba a meter por el corazón, si el arriscado° mozo, viendo su manifiesto `= arriesgado daring` peligro, no se abrazara con don Carlos, y a este tiempo Laura haciendo lo mismo, le pidiera que se reportase diciendo: "¡Ay, hermano mío, mira que en esa vida está la de tu triste hermana."

Reportose don Carlos, y metiéndose su padre por medio apaciguó° la pendencia, y volviéndose a sus aposentos, te- `he quelled` miendo don Antonio que si cada día había de haber aquellas

ocasiones, sería para perderse, se determinó no ver por sus
ojos tratar mal a una hija tan querida como Laura, y así otro
día, tomando su casa, hijos y hacienda, se fue a Piedrablanca,
dejando a la pobre Laura en su desdichada vida, tan triste y
tierna de verlos ir, que le faltó muy poco para perderla. Causa
por la que, oyendo decir que en aquellas tierras había mujeres
que obligaban con 'fuerza de hechizos° a que hubiese amor, — powers of sorcery
viendo cada día el de su marido en menoscabo° y pensando — lessening
remediarse por este camino, encargó que la trajesen una, común engaño de personas apasionadas.

Hay en Nápoles en estos enredos° y supersticiones tanta — schemes
libertad, que públicamente usan sus invenciones, haciendo
tantas y con tales apariencias de verdades, que casi obligan
a ser creídas; y aunque los confesores y el virrey andan en
esto solícitos, como no hay el freno° de la Inquisición,[35] y los — deterrent
demás castigos 'no les amedrantan,° porque en Italia lo más — frighten them
ordinario es castigar la bolsa.° — the wallet

No fue muy perezoso el tercero, a quien Laura le enco-
mendó le trajese a la embustera,° que sin duda sería alguna — trickster
amiga, que de unas a otras se comunican estas cosas. Vino la
mujer, a quien la hermosa Laura después de obligarla con dá-
divas° (sed de semejantes mujeres), enterneció con lágrimas — gifts
y animó con promesas, contándole sus desdichas. En tales
razones le pidió lo que deseaba:

"Amiga, si tú haces que mi marido aborrezca a Nise y
vuelva a tenerme el amor que al principio de mi casamiento
me tuvo, cuando él era más leal y yo más dichosa, tú verás en
mi agradecimiento y satisfacción de la manera que estimo tal
bien, pues será darte la mitad de mi hacienda. Y cuando esto
no baste, mide° tu gusto con mi necesidad, y señálate tú mis- — measure
ma la paga, que si lo que yo poseo es poco me venderé para
satisfacer."

La mujer asegurando a Laura de su saber, contando mila-

---

35 **La Inquisición** The Spanish Inquisition was established in 1478. Its
purpose, which principally targeted converted Christians—Moors, Jews, and
later Protestants—was to make sure that anyone suspected of resorting to his/
her previous religion or practicing any faith, other than Catholicism, be punished by public ridicule, torture and/or burning at the stake(i.e. Autos de fe).

gros en sucesos ajenos, facilitó tanto su petición, que ya Laura se tenía segura. La cual mujer dijo° había° meneſter para ciertas cosas que había de aderezar° para traer consigo en una bolsilla,° barbas, cabellos° y dientes de un ahorcado,° las cuales reliquias, con las demás cosas, harían que don Diego mudase la condición de suerte que se espantaría; y que la paga no quería que fuese de más valor que conforme a lo que le sucediese.[36]

"Y creed, señora," decía la falsa enredadora, "que no bastan hermosuras, ni riquezas a hacer dichosas, sin ayudarse de cosas semejantes a éſtas, que si supieses las mujeres que tienen paz con sus maridos por mi causa, desde luego te tendrías por dichosa y asegurarías tus temores."

Confusa eſtaba la hermosa Laura, viendo que le pedía una cosa tan difícil para ella, pues no sabía el modo como viniese a sus manos, y así, dándole cien escudos° de oro, le dijo que el dinero todo lo alcanzaba, que los diese a quien la trajese aquellas cosas.

A lo cual replicó la taimada° hechicera (que con eſto quería entretener la cura para sangrar la bolsa de la dama, y encubrir su enredo), que ella no tenía de quien fiarse, demás que eſtaba la virtud en que ella lo buscase, y se lo diese, y con eſto, dejando a Laura en la triſteza y confusión que se puede pensar, se fue.

Pensando eſtaba Laura en cómo podía buscar lo que la mujer pedía, y hallando por todas partes mil montes de dificultades, el remedio que halló fue hacer dos ríos caudalosos° sus hermosos, ojos, no hallando de quién fiarse, porque le parecía que era afrenta que una mujer como ella anduviese en tan civiles° cosas.

Con eſtos pensamientos no hacía sino llorar, y, hablando consigo misma, decía, asidas sus manos una con otra:

"¡Desdichada de ti, Laura, y cómo fueras más venturosa, si como le coſtó tu nacimiento la vida de tu madre, fuera también la tuya sacrificio de la muerte! ¡Oh amor, enemigo

dijo que, era
to instruct
pouch, hair, hanged man

type of currency

sly

copious

unbecoming

---

36 **Y que...** *As for the pay, she wanted only what the results were worth*

mortal de las gentes, y qué de males han venido por ti al mundo, y más a las mujeres, que, como en todo somos las más perdidosas y las más fáciles de engañar, parece que sólo contra ellas tienes el poder o, por mejor decir, el enojo! No sé para qué el Cielo me crió hermosa, noble y rica, si todo había de tener tan poco valor contra la desdicha, sin que tanto dotes° de naturaleza y fortuna me quitasen la mala eſtrella en que nací. O, ya que lo soy, ¿para qué me guarda la vida? pues tenerla un desdichado más es agravio que ventura. ¿A quién contaré mis penas que me las remedie? ¿Quién oirá mis quejas que se enternezca? ¿Quién verá mis lágrimas que me las enjugue?° Nadie por cierto, pues mi padre y mis hermanos, por no oírlas, me han desamparado, y haſta el Cielo, consuelo de los afligidos, se hace sordo° por no dármelo. ¡Ay don Diego, y quién pensará…! Mas sí debiera pensar, si mirara que eres hombre, cuyos engaños quitan el poder a los mismos demonios, y hacen ellos lo que los miniſtros de maldades dejan de hacer. ¿Dónde se hallará un hombre verdadero? ¿En cuál dura la voluntad un día, y más si se ven queridos? que parece que al paso que conocen el amor, crece su libertad y aborrecimiento. ¡Mal haya la mujer que en ellos cree, pues al cabo hallará el pago de su amor, como yo le hallo! ¿Quién es la necia que desea casarse, viendo tantos y tan laſtimosos ejemplos? pues la que más piensa que acierta, más yerra. ¿Cómo es mi ánimo tan poco, mi valor tan afeminado, y mi cobardía tanta, que no quito la vida, no sólo la enemiga de mi sosiego,° sino al ingrato que me trata con tanto rigor? ¡Mas, ay! que tengo amor, y en lo que uno temo perderle, y en lo otro enojarle! ¿Por qué, vanos legisladores del mundo, atáis nueſtras manos para las venganzas, imposibilitando nueſtras fuerzas con vueſtras falsas opiniones, pues nos negáis letras y armas?[37] ¿El alma no es la misma que la de los hombres? Pues si ella es la que da valor al cuerpo, ¿quién obliga a los nueſtros a tanta cobardía? Yo aseguro que si entendiérais que también había en nosotras valor y fortaleza, no os burlaríais como os

gifts

will wipe away

deaf

calm

---

37 **Letras y armas** Arms and letters (war and literature, eſpecially poetry) were two traditionally conceived masculine aɛtivities.

burláis; y así, por tenernos sujetas desde que nacemos vais enflaqueciendo° nuestras fuerzas con los temores de la honra, y el entendimiento con el recato de la vergüenza, dándonos por espadas ruecas° y por libros almohadillas.° ¡Mas triste de mí! ¿de qué me sirven estos pensamientos, pues ya no sirven para remediar cosas tan sin remedio? Lo que ahora importa es pensar cómo daré a esta mujer lo que pide."

    weakening

    spools, sewing cushions

Diciendo esto, se ponía a pensar qué haría, y luego volvía de nuevo a sus quejas. 'Quien oyere° las que está dando Laura, diría que la fuerza del amor 'está en su punto;° mas aún faltaba otro extremo mayor. Y fue que viendo cerrar la noche, y viendo ser la más oscura y tenebrosa° que en todo aquel invierno había hecho (proponiendo a su pretensión opinión), sin mirar a lo que se ponía y lo que aventuraba, si don Diego venía y la hallaba fuera, diciendo a sus criados que si venía 'le dijesen° que estaban en casa alguna de las muchas señoras que había en Nápoles, poniéndose un manto de una de ellas, con una pequeña linternilla, sin más compañía que la de sus criados, se puso en la calle con más ánimo que sus pocos años pedía, y fue a buscar lo que ella pensaba había de ser su remedio, donde ahora diré, que solo en pensarlo da miedo. ¡Oh don Diego, causa de tantos males, no te pida Dios cuenta de tantos desaciertos, pues has dado ocasión para que tu mujer no tema el lugar donde va, las sospechas que deja en sus criadas y lo que perderá si la hallen en tal ocasión! ¡Oh cuánto le debes si lo miras!

    whoever heard

    reached its limit

    shadowy

    = que le dijesen

Hay en Nápoles, como una milla apartada de la ciudad, camino de Nuestra Señora del Arca, imagen muy devota de aquel reino, y el mismo por donde se va a Piedrablanca, como 'un tiro de piedra° del camino real,° a un lado de él, un humilladero,° de cincuenta pies de largo y otros tantos de ancho. La puerta del cual está hacia el camino, y enfrente de ella un altar con una imagen pintada en la misma pared. Tiene el humilladero estado y medio de alto, el suelo es una fosa de más de cuatro de hondura, que coge toda la dicha capilla, sólo queda alrededor un poyo de media vara de ancho, por el cual

    a stone's throw, royal

    altar

se anda todo el humilladero.[38] A estado de hombre, y menos,
hay puestos por las paredes unos garfios° de hierro, en los   hooks
cuales después de haber ahorcado° en la plaza los hombres   hanged
que mueren por justicia, los llevan allá, y cuelgan° en aquellos   they hang
5 garfios; y como los tales 'se van deshaciendo,° caen los huesos   they start to
en aquel hoyo,° que como está sagrado, les sirve de sepultu-   decompose
ra.° Pues a esta parte tan espantosa, guió sus pasos la hermosa   pit
Laura, donde 'a la sazón° había seis hombres, que por saltea-   in this moment
dores' 'habían ajusticiado° pocos días había. La cual, llegando   robbers, they had
10 a él con ánimo increíble, que se lo daba el amor, entró den-   executed
tro, tan olvidada del peligro cuanto acordada de sus fortunas,
pues no temía, cuando no la gente con quien iba a negociar, el
caer dentro de aquella profundidad, donde, si tal fuera, jamás
se supieran nuevas de ella. ¡Gran valor en tanta flaqueza y
15 delicadas fuerzas, y más que, o por permisión de Dios, o por
poca destreza,° con estar tan bajos que llegaba con las manos   skill
a la cara de los miserables hombres, jamás consiguió su deseo,
desde las diez que serían, cuando llegó allí hasta la una, y más
que sucedió lo que ahora diré.

20 Ya he contado cómo el padre y los hermanos de Laura,
por no verla maltratar y ponerse en ocasión de perderse con
su cuñado, se habían retirado a Piedrablanca, donde vivían si
no olvidados de ella, a lo menos desviados° de verla. Estando   averted
don Carlos acostado en su cama al tiempo que llegó Lau-
25 ra al humilladero, despertó con riguroso y cruel sobresalto,°   start
dando tales voces que parecía se le acababa la vida. Albo-
rotose° la casa, vino su padre, acudieron° sus criados, todos   = se alborotó *became*
confusos y turbados. Solemnizando su dolor con lágrimas le   *agitated*; gathered
preguntaban la causa de su mal, la cual estaba escondida aun
30 'a el° mismo tiempo que padecía. El cual vuelto más en sí,   = al
levantándose en la cama y diciendo: "En algún peligro está
mi hermana," se comenzó a vestir muy apriesa,° dándola para   = con prisa
que le ensillasen° un caballo, el cual apercibido saltó con él, y   saddled
sin esperar a ningún criado, a todo correr de él, partió° la vía   left

---

38 **Tiene el humilladero...** *The altar (and common grave) measures*
about the same length and width and the floor is a pit sunk about twenty feet
deep. Surrounding the entire pit there's just a ledge about eighteen inches wide
along which you can walk around the chapel.

de Nápoles, con tanta prisa, que a la una se halló enfrente del humilladero, donde paró el caballo de la misma suerte que si fuera de bronce° o piedra.

bronze

Procuraba don Carlos pasar adelante, mas era porfiar en la misma porfía,[39] porque atrás ni adelante era posible volver, antes, como 'arrimándoles la espuela° quería que caminase, el caballo daba unos bufidos° que espantaba. Viendo don Carlos tal cosa y acordándose del humilladero, volvió a mirarle y como vio luz que salía de la linterna que su hermana tenía, pensó que alguna hechicería le detenía, y deseando saber de cierto, probó si el caballo quería caminar hacia allá, y apenas hizo la acción, cuando el caballo, sin premio ninguno, hizo la voluntad de su dueño, y llegando a la puerta con su espada en la mano, dijo (viendo que quien estaba dentro, luego° le sintió, mató° la luz y 'se arrimó° a una pared):

spurring him on
snorts

right then
snuffed, clung

"Quienquiera que sea quien[40] está ahí dentro, salga luego fuera, que si no lo hace, por vida del rey, que no me he de ir de aquí hasta que con la luz del día vea quién es y qué hace en tal lugar."

Laura, que en la voz conoció a su hermano, pensando que se iría, y mudando cuanto pudo la suya, le respondió:

"Yo soy una pobre mujer, que por cierto caso estoy en este lugar, pues no os importa saber quién soy, por amor de Dios que os vayáis, y creed, señor caballero, que si porfiáis en aguardar, 'me arrojaré° luego al punto en esa sepultura, aunque piense perder la vida y el alma."

I'll throw myself

No disimuló Laura tanto el habla, que su hermano, que no la tenía olvidada como ella pensó, dando una gran voz, acompañada con un suspiro, dijo:

"¡Ay hermana, grande mal hay, pues tú estás aquí; sal fuera, que no en vano me decía mi corazón este suceso!"

Pues viendo Laura que ya su hermano la había conocido, con 'el mayor tiento° que pudo, por no caer en la fosa, salió arrimándose a las paredes, y tal vez a los mismos ahorcados; y llegando donde su hermano lleno de mil pesares la aguar-

utmost care

---

39 **era porfiar...** *it was necessary*
40 **Quienquiera que...** *Whoever you are there*

daba, y no sin lágrimas, se arrojó en sus brazos (¿quién duda que la recibiría don Carlos con el amor que la tenía, bien lastimado?), y apartándose a una parte supo de Laura en breves razones, la ocasión que había tenido por venir allí; y ella de la que le había traído a tal tiempo. Y el remedio que don Carlos tomó fue ponerla sobre su caballo y, subiendo asimismo él, dar la vuelta a Piedrablanca, teniendo por milagrosa su venida. Y lo mismo sintió Laura, mirándose arrepentida de lo que había hecho.

Cerca de la mañana llegaron a Piedrablanca, donde sabido de su padre el suceso, haciendo poner un coche, y metiéndose en él con sus hijos y su hija se vino a Nápoles, y derecho° al Palacio del virrey, que lo era en aquella ocasión don Pedro Fernández de Castro, conde de Lemos,[41] nobilísimo,° sabio° y piadoso príncipe, cuyas raras virtudes y excelencias no son para escritas en papeles, sino en láminas de bronce y en las lenguas de la fama.

Llegó (como digo) don Antonio, y a los pies de este excelentísimo señor, arrodillado° le dijo que para contar un caso portentoso° que había sucedido, le suplicaba° mandase venir allí a don Diego Pinatelo, su yerno,° porque importaba a su autoridad y sosiego.

Su Excelencia, que conocía la calidad y valor de don Antonio, envió luego al capitán de su guarda por don Diego, al que hallaron desesperado, y su casa alborotada, los criados huidos, y las criadas encerradas, temiendo su furor. Y era la causa que como vino a su casa y no halló en ella a Laura, hecho un león, la quería poner fuego, creyendo que la noble dama era ida, o huyendo de él o a quitarle la honra.

Pues como le dijesen que venían de parte del virrey, con turbado y airado semblante° fue con los que traían orden de llevarle;° que como llegase a la sala y hallase en ella a su suegro, cuñados y mujer, quedó absorto, y más cuando Laura en su presencia, contó el virrey lo que en este caso queda escrito, acabando la plática° con decir que ella estaba desengañada

(marginal glosses)
directly
= **nobilisísimo**, wise
on bended knee,
extraordinary, = **le suplicaba que**; son-in-law
appearance
= **llevarlo**
conversation

---

41 Don Pedro Fernández de Castro, Count of Lemos, was the actual Spanish Viceroy of Naples in 1608. He made his greatest priority that of fighting political corruption and social inequality.

de lo que era el mundo y los hombres, y que así no quería más batallar con ellos, porque cuando pensaba lo que había hecho y dónde se había visto, no acababa de admirarse. Y que supuesto esto, ella se quería entrar en un monasterio, sagrado poderoso para valerse° de las miserias a que las mujeres están sujetas.

to extricate herself

Oyendo don Diego esto, y llegándole al alma el ser la causa de tanto mal, en fin, como hombre bien entendido, estimando aquel punto a Laura más que nunca, y temiendo que ejecutase su determinación,[42] no esperando él por sí alcanzar de ella cosa alguna, según estaba agraviada, tomó por medio al virrey, suplicándole° pidiese a Laura que volviese con él, prometiendo la enmienda° de allí en adelante. Y que para asegurar a Laura del suyo pondría en manos de su Excelencia a Nise, causa de tantas desventuras, para que la metiese en un convento, porque apartado de ella, y agradeciendo a Laura los extremos de su amor, la adorase y sirviese eternamente.

= suplicándole que

amendments

Bien estuvo el virrey con esto, y lo mismo don Antonio y sus hijos. Mas Laura, temerosa de lo pasado, no fue posible que lo aceptase, antes más firme en su propósito dijo que era cansarse en vano, que ella quería hacer por Dios, que era amante más agradecido, lo que por un ingrato había hecho.

Y ese mismo día entró en la Concepción, convento noble, rico y santo, sin que pudiera el mismo virrey obligarla a que le dijese quién era la mujer que le había pedido aquellos embustes° para castigarla por ellos.

tricks

Don Diego, desesperado, se fue a su casa, y tomando las joyas y dinero que halló, se partió sin despedirse de nadie de la ciudad, donde a pocos meses se supo que en la guerra que la majestad de Felipe III, rey de España, tenía con el duque de Saboya[43] 'le voló° una mina. Laura, viéndose del todo libre, tomó el hábito de religiosa, y a su tiempo profesó, donde hoy vive santísimamente, tan arrepentida de su atrevida determinación, que cuando se acuerda tiembla,° acordándose donde estuvo.

he was blown up by

she shakes

---

42 **Y temiendo...** *And fearing she would carry out her plan*

43 **Saboya** (= Savoy) is a region of France on the border of Italy and Switzerland.

Yo supe este caso de su misma boca, y así le cuento por
verdadero, para que todos conozcan hasta dónde se extiende
la fuerza del amor y nueva maravilla° de su poder.   enchantment

Con grandes admiraciones oyeron todos la discreta maravilla que la hermosa Nise había referido, cual exagerando
el amor de Laura, cual su entendimiento, y todos su atrevimiento; confirmándose de un parecer, diciendo que entre
ellos no hubiera ninguno que se atreviera a ir al lugar que ella
fue. Dándoles a esto motivo el afirmar Nise que era verdad
todo cuanto había dicho.

El jardín engañoso

NO HA MUCHOS AÑOS° que en la hermosísima y noble ciudad de Zaragoza, divino milagro de la Naturaleza y glorioso trofeo° del Reino de Aragón, vivía un caballero noble y rico, y él por 'sus partes° merecedor° de tener por mujer una gallarda dama, igual en todo a sus virtudes y nobleza, que éste es el más rico don° que se puede alcanzar.° Dióle el cielo por fruto de su matrimonio dos hermosísimos soles,° que tal nombre se puede dar a dos bellas hijas: la mayor llamada Constanza, y la menor Teodosia; tan iguales en belleza, discreción y donaire,° que no desdecía nada la una de la otra. Eran estas dos bellísimas damas tan acabadas y perfectas, que eran llamadas, por renombre de riqueza y hermosura, las dos niñas de los ojos de su Patria.[1]

Llegando, pues, a los años de discreción, cuando en las doncellas campea° la belleza y donaire 'se aficionó de° la hermosa Constanza don Jorge, caballero asimismo° natural de la misma ciudad de Zaragoza, mozo,° galán° y rico, único heredero en la casa de sus padres, que aunque había otro hermano, cuyo nombre era Federico, como don Jorge era 'el mayorazgo,° le podemos llamar así.

Amaba Federico a Teodosia, si bien con tanto recato° de su hermano, que jamás entendió dél esta voluntad, temiendo que como hermano mayor 'no le estorbase° estos deseos, así por esto como por 'no llevarse muy bien° los dos.

No miraba Constanza mal a don Jorge, porque agradecida a su voluntad le pagaba en tenérsela honestamente, pareciéndole, que habiendo sus padres de darle esposo, ninguno en el mundo 'la merecía° como don Jorge. Y fiada° en esto estimaba y favorecía sus deseos, teniendo por seguro el creer que apenas se la pediría a su padre,[2] cuando tendría alegre y dichoso fin este amor, si bien le alentaba° tan honesta y

	not many years ago
	trophy
	high qualities,
	deserving
	reward
	to obtain
	suns
	grace
	blossoms, fell for
	also
	young man, noble
	the eldest
	concealment
	might ruin
	to not get along well
	deserved her, aware
	she behaved

---

1 **Las dos niñas...** *The pride and joy of the nation*
2 **Se la pediría...** *He would ask her father for her hand (in marriage)*

49

recatadamente, que dexaba lugar a su padre para que en caso
que no fuese su gusto el dársele por dueño, ella pudiese,° sin   ° = **podría**
ofensa de su honor dexarse desta pretensión.

'No le sucedió tan felizmente° a Federico con Teodosia   ° it didn't go so well
porque jamás alcanzó della un mínimo favor, antes le aborre-
cía° con todo extremo, y era la causa amar perdida a don Jor-   ° scorned
ge, tanto que empezó a trazar° y buscar modos de apartarle°   ° to ponder, separate h[...]
de la voluntad de su hermana, envidiosa de verla amada, ha-
ciendo eso tan astuta y recatada que jamás le dio a entender
ni al uno ni al otro su amor.

Andaba con estos disfavores don Federico tan triste, que
ya era conocida, si no la causa, la tristeza. Reparando en ello
Constanza,³ que por ser afable° y amar tan honesta a don   ° polite
Jorge no le cabía poca parte a su hermano;⁴ y casi sospechan-
do° que sería Teodosia la causa de su pena por haber visto   ° suspecting
en los ojos de Federico algunas señales,° la procuró saber⁵ y   ° signs
fuele fácil, por ser los caballeros muy familiares amigos de su
casa, y que siéndolo también los padres facilitaba cualquiera
inconveniente.⁶

Tuvo lugar la hermosa Constanza de hablar a Federico,
sabiendo dél 'a pocos lances° la voluntad que a su hermana   ° in short order
tenía y los despegos° con que ella le trataba. Mas con aperci-   ° = **desapego** *indifferen[...]*
bimiento° que no supiese este caso don Jorge, pues, como se   ° the warning
ha dicho, se llevaban mal.

Espantóse° Constanza de que su hermana desestimase°   ° = **se espantó** *was ama[...]*
a Federico, siendo por sus partes digno de ser amado. Mas   *zed*; didn't value
como Teodosia tuviese tan oculta su afición, jamás creyó
Constanza que fuese don Jorge la causa, antes daba la culpa
a su desamorada condición, y así se lo aseguraba a Federico
las veces que desto trataban, que eran muchas, con tanto en-
fado de don Jorge, que casi andaba celoso de su hermano, y
más viendo a Constanza tan recatada en su amor, que jamás,

---

3 **Reparando en ello...** *Constanza took notice of Federico's
melancholy*
4 **No le cabía...** *She was also fond of his brother*
5 **La procuró...** *She wanted to know for sure*
6 **Facilitaba cualquiera...** *It made it difficult to hide anything*

aunque hubiese lugar, se lo dio de tomarle una mano.[7]

Estos enfados de don Jorge despertaron el alma a Teodosia a dar modo como don Jorge aborreciese de todo punto a su hermana, pareciéndole a ella que el galán se contentaría con desamarla,° y no buscaría más venganza,° y con esto tendría ella el lugar que su hermana perdiese. Engaño común en todos los que hacen mal, pues sin mirar que le procuran al aborrecido, se le dan juntamente al amado.[8]   **despise her, revenge**

Con este pensamiento, no temiendo el sangriento fin que podría tener tal desacierto,° se determinó decir a don Jorge que Federico y Constanza se amaban, y pensado lo puso en execución, que amor ciego° ciegamente gobierna y de ciegos se sirve; y así, quien como ciego no procede, no puede llamarse 'su cautivo.°   **mistake** ... **blind** ... **love's prisoner**

La ocasión que dio fortuna dio a Teodosia[9] fue hallarse° solos Constanza y don Jorge, y el galán enfadado, y aún, si se puede decir, celoso de haberla hallado en conversación con su aborrecido hermano, dando a él la culpa de su tibia voluntad, no pudiendo creer que fuese recato honesto que la dama con él tenía, la dixo algunos pesares,° con que obligó a la dama que le dixese estas palabras: **to find them** ... **worries**

"Mucho siento, don Jorge, que no estiméis mi voluntad, y el favor que os hago en dexarme amar, sino que os atreváis a tenerme 'en tan poco,° que sospechando de mí lo que no es razón, entre mal advertidos pensamientos, me digáis pesares celosos: y no contento con esto, os atreváis a pedirme más favores que los que os he hecho, sabiendo que no los tengo de hacer. A sospecha tan 'mal fundada° como la vuestra no respondo, porque si para vos no soy más tierna de lo que veis, ¿por qué habéis de creer que lo soy de vuestro hermano? A lo demás que decís, quexándoos de mi desabrimiento° y tibieza,° os digo, para que no os canséis en importunarme,° que   **so little favor** ... **unfounded** ... **complaining, reserve, coolness, pester me,**

---

7 **Jamás aunque hubiese...** *Even when there was an opportunity, she would never let him take her hand*

8 **Engaño común...** *It's a common self-deception of people who do evil: they see only the harm that they do to their enemy and cannot imagine the harm that might be done to the one they love.*

9 **La ocasión...** *Fortune soon gave Theodosia her chance*

mientras que no fuéredes° mi esposo no habéis de alcanzar   = seas
más de mí. Padres tengo, su voluntad es la mía, y la suya no
debe de estar lexos de la vuestra mediante° vuestro valor. En   through
esto os he dicho todo lo que habéis de hacer, si queréis darme
gusto, y en lo demás será al contrario."

Y diciendo esto, para no dar lugar a que don Jorge tuviera
algunas desenvolturas° amorosas, le dexó y entró en otra sala   liberties
donde había criados y gente.

No aguardaba Teodosia otra ocasión más que la presente
para urdir° su enredo,° y habiendo estado a la mira y oído lo   to plot, snare
que había pasado, viendo quedar a don Jorge desabrido y cuidadoso de la resolución de Constanza, se fue adonde estaba y
le dixo:

"No puedo ya sufrir ni disimular, señor don Jorge, la pasión que tengo de veros tan perdido y enamorado de mi hermana, y tan engañado en esto como amante suyo; y así, si
me dais palabra de no decir en ningún tiempo que yo os he
dicho lo que sé y os importa saber, os diré la causa de la tibia
voluntad de Constanza."

Alteróse don Jorge con esto, y sospechando lo mismo que
la traidora Teodosia le quería decir, deseando saber lo que le
había de pesar de saberlo,[10] propia condición de amantes, le
juró con bastantes juramentos° tener secreto.   oaths

"Pues sabed," dixo Teodosia "que vuestro hermano Federico y Constanza se aman con tanta terneza y firme volun-
tad, que no hay para encarecerlo° más que decir que 'tienen   to emphasize it, they
concertado° de casarse. Dada se tienen palabra, y aun creo   agreed
que con más 'arraigadas prendas;° testigo yo, que sin querer   established pledges
ellos que lo fuese, oí y vi cuanto os digo, cuidadosa de lo mis-
mo que ha sucedido. Esto no tiene ya remedio, lo que yo os
aconsejo es que como también entendido llevéis este disgusto, creyendo que Constanza no nació para vuestra, y que el
cielo os tiene guardado sólo la que os merece. Voluntades que
los cielos conciertan en vano las procuran apartar las gentes.[11]
A vos, como digo, no ha de faltar la que merecéis, ni a vues-

10 **Lo que…** *What would only cause him grief to learn*
11 **Voluntades que…** *A match made in Heaven cannot be separated by humankind.*

tro hermano el castigo de haberse atrevido° a vuestra misma dama."

Con esto dio fin Teodosia a su traición, no queriendo, por entonces decirle nada de su voluntad, porque° no sospechase su engaño. Y don Jorge 'principió a una celosa y desesperada cólera,° porque en un punto ponderó el atrevimiento de su hermano, la deslealtad° de Constanza, y haciendo juez° a sus celos y fiscal° a su amor, juntando con esto el aborrecimiento con que trataba a Federico, aun sin pensar en la ofensa, dio luego contra él rigurosa y cruel sentencia. Mas disimulando por no alborotar° a Teodosia, le agradeció cortésmente la merced que le hacía, prometiendo el agradecimiento della, y por principio tomar su consejo y apartarse de la voluntad de Constanza, pues se empleaba en su hermano más acertadamente° que en él.

Despidiéndose della, y dexándole en extremo alegre, pareciéndole que desfraudado° don Jorge de 'alcanzar a° su hermana, le sería a ella fácil el haberle por esposo. Mas no le sucedió así, que un celoso cuanto más ofendido, entonces ama más.

Apenas se apartó don Jorge de la presencia de Teodosia, cuando se fue a buscar su aborrecido hermano, si bien primero llamó un paje° de quien fiaba° mayores secretos, y dándole cantidad de joyas y dineros con un caballo le mandó que le guardase fuera de la ciudad, en 'un señalado puesto.°

Hecho esto, se fue a Federico, y le dixo que tenía ciertas cosas para tratar con él, para lo cual era necesario salir hacia el campo.

Hízolo Federico, no tan descuidado que 'no se recelase° de su hermano, por conocer la poca amistad que le tenía. Mas la fortuna° que hace sus cosas como le da gusto, sin mirar méritos ni inorancias,° tenía ya echada la suerte por don Jorge contra el miserable Federico, porque apenas llegaron a un lugar a propósito, apartado de la gente, cuando sacando don Jorge la espada, llamándole robador de 'su mayor descanso y bien,° sin darle lugar a que sacase la suya, le dio una [tan] cruel estocada° por el corazón, que la espada salió a las espaldas, rindiendo a un tiempo el desgraciado Federico el alma a

dared

= para que

he went into a rage

disloyalty, judge
prosecuting attorney

to upset

evidently

disillusioned, winning
over

page, he confided

designated place

he didn't fear

fate
innocence

most precious pos-
session, stab wound,

Dios y el cuerpo a la tierra.

Muerto el malogrado mozo por la mano del cruel hermano, don Jorge acudió° adonde le aguardaba su criado con el caballo, y subiendo° en él con su secretario° 'a las ancas,° se fue a Barcelona, y de allí, hallando las galeras° que se partían° a Nápoles, se embarcó en ellas, despidiéndose para siempre de España.

Fue hallado esta misma noche el mal logrado Federico muerto y traído a sus padres, con tanto dolor suyo y de toda la ciudad, que a una lloraban su desgraciada muerte, ignorándose el agresor della, porque aunque faltaba su hermano, jamás creyeron que él fuese dueño de tal maldad, si bien por su fuga° se creía haberse hallado en el desdichado suceso. Sola Teodosia, como la causa de tal desdicha, pudiera decir en esto la verdad; mas ella callaba, porque le importaba hacerlo.

Sintió mucho Constanza la ausencia de don Jorge, mas no de suerte que diese que sospechar cosa que no estuviese muy bien a su opinión,[12] si bien entretenía° el casarse, esperando saber algunas nuevas dél.

En este tiempo murió su padre, dexando a sus hermosas hijas con gran suma de riqueza, y a su madre 'por su amparo.° La cual, ocupada en el gobierno de su hacienda, no trató de 'darlas estado° en más de dos años, ni a ellas se les daba nada,[13] ya por aguardar la venida de su amante, y parte por no perder los regalos° que de su madre tenían, sin que en todo este tiempo se supiese cosa alguna de don Jorge; cuyo olvido° fue haciendo su acostumbrado efecto en la voluntad de Constanza, lo que no pudo hacer en la de Teodosia, que siempre amante y siempre firme, deseaba ver casada a su hermana para vivir más segura si don Jorge pareciese.°

Sucedió en este tiempo venir a algunos negocios a Zaragoza un 'hidalgo montañés,° 'más rico de bienes° de naturaleza que de fortuna, hombre de hasta treinta o treinta y seis años, galán, discreto y de muy amables partes, llamado Carlos.

Marginal glosses:
went
mounting, page, behind him; ships, we leaving

disappearance

put off all thought

to take care of them
arrange marriages for them
loving care

forgetfulness

appeared

a gentleman from the highland, better endowed

---

12 **Mas no…** *But even she never suspected anything unfavorable to his honor*

13 **Ni a ellas…** *They didn't try to initiate anything either*

'Tomó posada° enfrente de la casa de Conſtanza, y a la
primera vez que vio la belleza de la dama, le dio en pago de
haberla viſto la libertad,[14] dándole asiento° en el alma, con
'tantas veras,° que sólo la muerte le pudo sacar deſta determinación, dando fuerzas° a su amor el saber su noble nacimiento y riqueza, y el mirar su honeſto agrado° y hermosa
gravedad.°

Víase° nueſtro Carlos pobre y fuera de su patria, porque
aunque le sobraba de noble[15] lo que le faltaba° de rico, no era
baſtante para atreverse a pedirla por mujer, seguro de que no
se la habían de dar. Mas no hay amor sin aſtucias,° ni cuerdo°
que no sepa aprovecharse dellas. Imaginó una° que fue bastante a darle lo mismo que deseaba, y para conseguirla empezó a tomar amiſtad con Fabia, que así se llamaba su madre
de Conſtanza, y a regalarla° con algunas cosas que procuraba
para eſte efecto, haciendo la noble señora en agradecimiento lo mismo. Visitábalas° algunas veces, granjeando° con su
agrado y linda conversación la voluntad de todas, tanto que
ya no se hallaban sin él.

En teniendo Carlos dispueſto eſte negocio tan a su gusto, descubrió su intento a una 'ama vieja° que le servía, prometiéndole pagárselo muy bien, y deſta suerte se empezó a
fingir enfermo, y no sólo con achaque° limitado, sino que 'de
golpe° se arrojó° en la cama.

Tenía ya la vieja su ama prevenido° un médico, a quien
dieron un gran regalo, y así comenzó a curarle a título de un
cruel tabardillo.° Supo la noble Fabia la enfermedad de su
vecino, y con notable sentimiento le fue luego a ver, y le acu-
día° como si fuera un hijo, a todo lo que era meneſter. Creció
la fingida enfermedad, a dicho del médico y congoxas° del
enfermo, tanto que se le ordenó que hiciese teſtamento y recibiese los Sacramentos. Todo lo cual se hizo en presencia de
Fabia, que sentía el mal de Carlos en el alma, a la cual el aſtu-
to Carlos, asidas° las manos, eſtando para hacer teſtamento,
dixo:

---

14 **Le dio…** *He surrendered his freedom to her*
15 **Aunque le…** *Although he had plenty of noble lineage*

Right margin glosses:

took lodging

space

so much fervor,

strength

modesty

reserve

= se veía

he lacked

cleverness, wise man,

= *a plan*

regaled her

= **las vistaba**, earning

goodwill

old servant

affliction

suddenly, laid him out

arranged ahead of time

fever

took care of him

= **congojas** *complaints*

took

"Ya veis, señora mía, en el estado que está mi vida, más cerca de la muerte que de otra cosa. No 'la siento° tanto por haberme venido en la mitad de mis años, cuanto° por estorbarse° con ella el deseo que siempre he tenido de serviros después que os conocí. Mas para que mi alma vaya con algún consuelo° deste mundo, me habéis de dar licencia para descubriros un secreto."

  regret it
  as much as
  it hinders

  comfort

La buena señora le respondió que dixese lo que fuese su gusto, seguro de que era oído y amado, como si fuera un hijo suyo.

"Seis meses ha,° señora Fabia" prosiguió Carlos, "que vivo enfrente de vuestra casa, y esos mismos que adoro y deseo para mi mujer a mi señora doña Constanza, vuestra hija, por su hermosura y virtudes. No he querido tratar dello, aguardando la venida de un caballero deudo mío, a quien esperaba para que lo tratase; mas Dios, que sabe lo que más conviene,° ha sido servido de atajar° mis intentos de la manera que veis, sin dexarme gozar este deseado bien. La licencia que ahora me habéis de dar es, para que yo le dexe toda mi hacienda,° y que ella la acepte, quedando vos, señora, por testamentaria;° y después de cumplido mi testamento° todo lo demás sea para su dote."°

  it's been

  is best
  to intercept

  estate
  executrix
  will
  dowry

Agradecióle Fabla con palabras amorosas la merced que le hacía, sintiendo y solenizando° con lágrimas el perderle.

  lamenting

Hizo Carlos su testamento, y por decirlo de una vez, él testó de más de cien mil ducados, señalando en muchas partes de la montaña muy lucida hacienda. De todos dexó por heredera° a Constanza, y a su madre tan lastimada, que pedía al cielo con lágrimas su vida.

  heiress

En viendo Fabia a su hija, echándole al cuello los brazos, le dixo:

";Ay hija mía, en qué obligación estás a Carlos! Ya puedes desde hoy llamarte desdichada, perdiendo, como pierdes tal marido."

"No querrá tal el cielo, señora" decía la hermosa dama, muy agradada de las buenas partes de Carlos, y obligada contra la riqueza que le dexaba, "que Carlos muera, ni que yo sea

de tan corta dicha° que tal vea;[16] yo espero de Dios que le   happiness
ha de dar vida, para que todas sirvamos la voluntad que nos
muestra."

Con estos buenos deseos, madre y hijas pedían a Dios su
vida.

Dentro de pocos días empezó Carlos, como quien tenía
en su mano su salud, a mejorar, y antes de un mes a estar del
todo sano,° y no sólo sano, sino esposo de la bella Constanza,   healthy
porque Fabia, viéndole con salud, le llevó a su casa y desposó
con su hija.

Granjeando este bien por medio de su engaño, y Constanza tan contenta, porque su esposo sabía granjear su voluntad con tantos regalos y caricias,° que ya muy seguro de su   affection
amor, se atrevió a descubrirle su engaño, dando la culpa a su
hermosura y al verdadero amor que desde que la vio la tuvo.

Era Constanza tan discreta, que en lugar de desconsolar-
se,° juzgándose dichosa en tener tal marido, le dio por el en-   resenting him
gaño gracias, pareciéndole que aquella había sido la voluntad
del cielo, la cual no se puede excusar, por más que se procu-
re hacerlo, dando a todos estos amorosos consuelos lugar la
mucha y lucida hacienda que ella gozaba, pues sólo le faltaba
a su hermosura, discreción y riqueza un dueño como el que
tenía, de tanta discreción, noble sangre y gentileza, acompa-
ñado de tal agrado, que suegra y cuñada, viendo a Constanza
tan contenta, y que con tantas veras se juzgaba dichosa, le
amaban con tal extremo, que en lugar de sentir la burla,° la   trick
juzgaban por dicha.

Cuatro años serían° pasados de la ausencia de don Jor-   = must have
ge, muerte de Federico y casamiento de Constanza, en cuyo
tiempo la bellísima dama tenía por prendas de su querido
esposo dos hermosos hijos, con los cuales, más alegre que primero, juzgaba perdidos los años que había gastado en otros
devaneos,° sin haber sido siempre de su Carlos, cuando don   nonsense
Jorge, habiendo andado° toda Italia, Piamonte y Flandes, no   wandering
pudiendo sufrir la ausencia de su amada señora, seguro, por
algunas personas que había visto por donde había estado, de

---

16 **Que tal...** *As a witness to his death*

que no le atribuían a él la muerte del malogrado Federico, dio vuelta a su patria y se presentó a los ojos de sus padres, y si bien su ausencia había dado que sospechar, supo dar tal color a su fuga,[17] llorando con fingidas lágrimas y disimulada pasión la muerte de su hermano, haciéndose muy nuevo en ella,[18] que deslumbró° cualquiera indicio que pudiera haber.   concealed

Recibiéronle los amados padres como de quien de dos solas prendas que habían perdido en un día hallaban la una, cuando menos esperanza tenían de hallarla, acompañándolos en su alegría la hermosa Teodosia, que obligada de su amor, calló° su delito a su mismo amante, por no hacerse sospechosa en él.   she kept quiet

La que menos contento mostró en esta venida fue Constanza, porque casi adivinando° lo que le había de suceder, como amaba tan de veras a su esposo, se entristeció° de que los demás se alegraban, porque don Jorge, aunque sintió con las veras posibles hallarla casada,[19] se animó° a servirla y solicitarla° de nuevo, ya que no para su esposa, pues era imposible, al menos para gozar de su hermosura, por no malograr° tantos años de amor. Los paseos, los regalos, las músicas y finezas eran tantas, que casi se empezó a murmurar por la ciudad. Mas a todo la dama estaba sorda,° porque jamás admitía ni estimaba cuanto el amante por ella hacía, antes las veces que en la iglesia o en los saraos y festines que en Zaragoza se usan la vía y hallaba cerca della,[20] a cuantas quexas de haberse casado le daba, ni a las tiernas y sentidas palabras que le decía, jamás le respondía palabra. Y si alguna vez, ya cansada de oírle, le decía alguna, era tan desabrida° y pesada,° que más aumentaba su pena.   guessing she became sad gathered up his nerv court her belie deaf harsh, annoying

La que° tenía Teodosia de ver estos extremos de amor en su querido don Jorge era tanta, que, a no alentarla° los desdenes° con que su hermana le trataba, mil veces perdiera° la vida. Y tenía bastante causa, porque aunque muchas veces le dio a entender a don Jorge su amor, jamás oyó dél sino mil   = la *pena* que encouraged disdain, = **hubiera** **perdido**

---

17 **Supo dar...** *He was able to explain his disappearance*
18 **Haciéndose muy...** *Pretending it was all new to him*
19 **Aunque sintió...** *Although terribly distressed to find her married*
20 **Se usan...** *They ran into one another*

desabrimientos° en respuesta, con lo cual vivía triste y deses- — rebuffs
perada.

'No ignoraba° Constanza de dónde le procedía a su her- — was not unaware
mana la pena, y deseaba que don Jorge se inclinase° a reme- — felt inclined
diarla, tanto por no verla padecer, como por no verse per-
seguida de sus importunaciones;° mas cada hora lo hallaba — importunate courtship
más imposible, por estar ya don Jorge tan rematado° y loco — extreme
en solicitar su pretensión, que no sentía que en Zaragoza se
murmurase ni que su esposo de Constanza lo sintiese.

Más de un año pasó don Jorge en esta° tema, sin ser parte — = este
las veras con que Constanza excusaba su vista,²¹ no saliendo de su casa sino a misa, y esas veces acompañada de su
marido, por quitarle el atrevimiento de hablarla, para que el
precipitado mancebo se apartase de seguir su devaneo, cuando Teodosia, agravada de su tristeza, cayó en la cama de una
peligrosa enfermedad, tanto que se llegó a tener muy poca
esperanza de su vida. Constanza, que la amaba tiernamente,
conociendo que el remedio de su pena estaba en don Jorge,
se determinó a hablarle, forzando, por la vida de su hermana,
su despegada° y cruel condición. Así, un día que Carlos se — indifferent
había ido a caza,° le envió a llamar. Loco de contento recibió — hunting
don Jorge el venturoso recado° de su querida dama, y por no — message
perder esta ventura,° fue a ver lo que el dueño de su alma le — chance
quería.

Con alegre rostro° recibió Constanza a don Jorge, y sen- — face
tándose con él en su estrado,° lo más amorosa y honestamen- — parlor
te que pudo, por obligarle y traerle a su voluntad, le dixo:

"No puedo negar, señor don Jorge, si miro desapasiona-
damente vuestros méritos y la voluntad que os debo, que fui
desgraciada el día que os ausentasteis desta ciudad, pues con
esto perdí el alcanzaros por esposo, cosa que jamás creí de la
honesta afición con que admitía vuestros favores y finezas,
si bien el que tengo es tan de mi gusto, que doy mil gracias
al cielo por haberle merecido, y esto bien lo habéis conocido
en el desprecio° que de vuestro amor he hecho, después que — contempt

---
21 **Sin ser...** *Ignoring the fact that Constanza fled from the sight of him*

vinistes; que aunque no puedo ni será justo negaros la obligación en que me habéis puesto, la de mi honra es tanta, que
ha sido fuerza no dexarme vencer de vuestras importunaciones. Tampoco quiero negar que la voluntad primera no tiene
gran fuerza, y si con mi honra y con la de mi esposo pudiera
corresponder a ella, estad seguro de que ya os hubiera dado
el premio° que vuestra perseverancia merece. Mas supues-   award
to que esto es imposible, pues en este caso 'os cansáis° 'sin   you exert yourself, in
provecho,° aunque amando estuvieseis un siglo obligándome,   vain
me ha parecido pagaros con dar en mi lugar otro yo, que de
mi parte pague lo que en mí es sin remedio. En concederme°   granting me
este bien me ganáis, no sólo por verdadera amiga, sino por
perpetua esclava. Y para no teneros suspenso, esta hermosura que, en cambio de la mía, que ya es de Carlos, os quiero
dar, es mi hermana Teodosia, la cual, desesperada de vuestro
desdén, está en lo último de su vida, sin haber otro remedio
para dársela, sino vos mismo. Ahora es tiempo de que yo vea
lo que valgo° con vos, si alcanzo que nos honréis a todos,   I'm worth
dándole la mano de esposo. Con esto quitáis al mundo de
murmuraciones, a mi esposo de sospechas, a vos mismo de
pena, y a mi querida hermana de las manos de la muerte, que
faltándole este remedio, es sin duda que triunfará de su juventud y belleza. Y yo teniéndoos por hermano, podré pagar
en agradecimiento lo que ahora niego por mi recato."

Turbado y perdido oyó don Jorge a Constanza, y precipitado en su pasión amorosa, le respondió:

"¿Éste es el premio, hermosa Constanza, que me tenías
guardado al tormento que por ti paso y al firme amor que te
tengo? Pues cuando entendí que obligada dél me llamabas
para dármele, ¿me quieres imposibilitar de todo punto dél?[22]
Pues asegúrote° que conmigo no tienen lugar sus ruegos,°   pleas
porque otra que no fuere° Constanza no triunfará de mí.   = sea
Amándote he de morir, y amándote viviré hasta que me sal-
te° la muerte. ¡Mira si cuando la deseo para mí, se la excusaré
a tu hermana![23] Mejor será, amada señora mía, si no quieres

22 ¿ **Me quieres…** *Was it only because you wanted to make my love totally impossible?*
23 **¡Mira si…** *When you know how much I desire death for myself, how*

que 'me la dé° delante de tus ingratos ojos, que pues ahora tienes lugar, te duelas de mí, y me excuses tantas penas como por ti padezco."[24]

I kill myself

Levantóse Conſtanza, oyendo eſto, en pie, y en modo de burla, le dixo:

"Hagamos, señor don Jorge, un concierto; y sea que como vos me hagáis en eſta placeta° que eſtá delante de mi casa, de aquí a la mañana, un jardín tan adornado de cuadros° y olorosas flores, árboles y fuentes, que ni en su frescura ni belleza, ni en la diversidad de páxaros quien él haya, desdiga de los nombrados pensiles de Babilonia, que Semíramis hizo sobre sus muros,[25] yo me pondré en vueſtro poder y haré por vos cuanto deseáis; y si no, que os habéis de dexar deſta pretensión, otorgándome° en pago el ser esposo de mi hermana, porque si no es a precio de arte imposible, no han de perder Carlos y Conſtanza su honor, granjeado con tanto cuidado y suſtentado con tanto aumento.[26] Éſte es el precio de mi honra; 'manos a la labor;° que a un amante tan fino como vos no hay nada imposible."

square

flowerbeds

repaying me

get to work

Con eſto se entró donde eſtaba su hermana, bien descontenta del mal recado que llevaba de su pretensión, dexando a don Jorge tan desesperado, que fue milagro no quitarse la vida.

Salióse asimismo loco y perdido de casa de Conſtanza y con desconcertados pasos, sin mirar cómo ni por dónde iba, se fue al campo, y allí, maldiciendo su suerte y 'el día primero° que la había viſto y amado, se arrojó al pie de un árbol, ya, cuando empezaba a cerrar la noche, y allí dando triſtes y laſtimosos suspiros, llamándola cruel y rigurosa mujer, cercado de mortales pensamientos, vertiendo° lágrimas, eſtuvo

= el primer día

spilling

---

dare you ask me to try to prevent your siſter's death!

24 **Te duelas…** *You'd better take pity on me and deliver me from the many sorrows I suffer*

25 **Desdiga de…** *That surpasses the famous gardens that Semiramis had built on the walls of Babylon. Semiramis was the Queen of Asia and Ethiopia. She reſtored ancient Babylon by protecting it with a brick wall that surrounded the entire city.*

26 **Porque si…** *Unless the black arts assiſt you, Carlos and Conſtanza will not lose the honor they've worked so hard to earn and keep*

una pieza, unas veces dando voces como 'hombre sin juicio,°   madman
y otras callando, se le puso, sin ver por dónde, ni cómo había
venido, delante un hombre que le dixo:

"¿Qué tienes, don Jorge? ¿Por qué das voces y suspiros°   sighs
al viento, pudiendo remediar tu pasión de otra suerte? ¿Qué
lágrimas femeniles son éstas? ¿No tiene más ánimo un hom-
bre de tu valor que el que aquí muestras? ¿'No echas de ver°   can't you see
que, pues tu dama puso precio a tu pasión, que no está tan
dificultoso tu remedio como piensas?"

Mirándole estaba don Jorge mientras decía esto, espantado de oírle decir lo que él apenas creía que sabía nadie, y así
le respondió:

"¿Y quién eres tú, que sabes lo que aun yo mismo no sé,
y que asimismo me prometes remedio, cuando le hallo tan
dificultoso? ¿Qué puedes tú hacer, cuando aún al demonio es
imposible?"

"¿Y si yo fuese el mismo que dices" respondió el mismo
que era "qué dirías? Ten ánimo, y mira qué me darás, si yo
hago el jardín tan dificultoso que tu dama pide."

Juzgue cualquiera de los presentes,[27] qué respondería un
desesperado, que 'a trueque de alcanzar° lo que deseaba, la   to get
vida y el alma tenía en poco. Y ansí° le dixo: = **así**

"Pon tú el precio a lo que por mí quieres hacer, que aquí
'estoy presto a° otorgarlo."   I'm willing

"Pues mándame el alma" dixo el demonio "y hazme una
cédula° firmada de tu mano de que será mía cuando se aparte   agreement
del cuerpo, y vuélvete seguro que antes que amanezca podrás
cumplir a tu dama su imposible deseo."

Amaba, noble y discreto auditorio,° el mal aconsejado   listeners
mozo, y así, no le fue difícil hacer cuanto el común enemigo
de nuestro reposo le pedía. Prevenido venía el demonio de
todo lo necesario, de suerte que poniéndole en la mano papel
y escribanías,° hizo la cédula de la manera que el demonio la   pens
ordenó, y firmando sin mirar lo que hacía, ni que por precio
de un desordenado apetito daba una joya tan preciada y que
tanto le costó al divino Criador della, ¡Oh mal aconsejado

---

27 **Juzgue cualquiera…** *You listeners*

caballero! ¡Oh loco mozo! ¿y qué haces? ¡Mira cuánto pierdes y cuán poco ganas, que el gusto que compras se acabará en un instante, y la pena que tendrás será eternidades! Nada mira al deseo de ver a Constanza en su poder, mas él se arrepentirá cuando no tenga remedio."

Hecho esto, don Jorge se fue a su posada, y el demonio a dar principio a su fabulosa fábrica.°   *structure*

Llegóse la mañana, y don Jorge, creyendo que había de ser la de su gloria, se levantó al amanecer, y vistiéndose lo más rica y costosamente que pudo, se fue a la parte donde el jardín se había de hacer, y llegando a la placeta que estaba de la casa de la bella Constanza el más contento que en su vida estuvo, viendo la más hermosa obra que jamás se vio, que a no ser mentira, como el autor della, pudiera ser recreación de cualquier monarca.[28] Se entró dentro, y paseándose por entre sus hermosos cuadros y vistosas calles, estuvo aguardando que saliese su dama a ver cómo había cumplido su deseo.

Carlos, que, aunque la misma noche que Constanza habló con don Jorge, había venido de caza cansado, madrugó°   *awoke at dawn* aquella mañana para acudir a un negocio que se le había ofrecido. Y como apenas fuese de día abrió una ventana que caía sobre la placeta, poniéndose a vestir en ella; y como en abriendo se le ofreciese a los ojos 'la máquina ordenada° por   *= the garden* el demonio para derribar° la fortaleza del honor de su esposa,   *to bring down* casi como admirado estuvo 'un rato,° creyendo que soñaba.   *a little while* Mas viendo que ya que los ojos se pudieran engañar, no lo hacían los oídos, que absortos a la dulce armonía de tantos y tan diversos paxarillos como en el deleitoso jardín estaban, habiendo en el tiempo de su elevación notado la belleza dél, tantos cuadros, tan hermosos árboles, tan intrincados laberintos,° vuelto como de sueño, empezó a dar voces, llamando   *mazes* a su esposa, y los demás de su casa, diciéndoles que se levantasen, verían 'la mayor maravilla° que jamás se vio.   *the greatest wonder*

A las voces que Carlos dio, se levantó Constanza y su madre y cuantos en casa había, bien seguros de tal novedad,

---

28 **Que a no...** *Had it not been false like its maker, it might have been built by a great monarch*

porque la dama ya no se acordaba de lo que había pedido a
don Jorge, segura de que no lo había de hacer, y como descuidada llegase a ver qué la quería su esposo, y viese el jardín
precio de su honor, tan adornado de flores y árboles, que aún
le pareció que era menos lo que había pedido, según lo que
le daban, pues las fuentes y hermosos cenadores,° ponían es-   bowers
panto a quien las vía,[29] y viese a don Jorge tan lleno de galas
y bizarría° pasearse por él, y en un punto considerase lo que   finery
había prometido, sin poderse tener en sus pies, vencida de un
mortal desmayo, se dexó caer en el suelo[30], a cuyo golpe acu-
dió su esposo y los demás, pareciéndoles que estaban encan-
tados, según los prodigios° que se vían. Y tomándola en sus   prodigies
brazos, como quien la amaba tiernamente, con grandísima   *they witnessed*
priesa° pedía que le llamasen los médicos, pareciéndole que   = **prisa**
estaba sin vida, por cuya causa su marido y hermana soleni-
zaban con lágrimas y voces su muerte, a cuyos gritos subió
mucha gente, que ya se había juntado a ver el jardín que en la
placeta estaba, y entre ellos don Jorge, que luego imaginó lo
que podía ser, ayudando él y todos al sentimiento que todos
hacían.

Media hora estuvo la hermosa señora desta suerte, haciéndosele innumerables remedios, cuando estremeciéndo-
se° fuertemente 'tornó en sí,° y viéndose en los brazos de su   shuddering, she re-
amado esposo, cercada de gente, y entre ellos a don Jorge,   gained consciousne
llorando amarga y hermosamente los ojos en Carlos, le em-
pezó a decir así:

"Ya, señor mío, si quieres tener honra y que tus hijos la
tengan y mis nobles deudos no la pierdan, sino que tú se la
des, conviene que al punto me quites la vida, no porque a ti
ni a ellos he ofendido, mas porque puse precio a tu honor y
al suyo, sin mirar que no le tiene. Yo lo hiciera imitando a
Lucrecia,[31] y aun dexándola atrás, pues si ella se mató después

---

29 **Ponían espanto...** *Everyone who looked at the garden was filled
with wonder*

30 **Sin poderse...** *Unable to remain on her feet, she fell into a mortal
swoon*

31 **Lucrecia** Lucretia, after being raped by the son of Tarquin, the
Proud, committed suicide. Her brother and husband were so angered by

de haber hecho la ofensa, yo muriera sin cometerla, sólo por haberla pensado;[32] mas soy cristiana, y no es razón que ya que sin culpa pierdo la vida y te pierdo a ti, que eres mi propia vida, pierda el alma que tanto costó al Criador della."°

Más espanto dieron estas razones a Carlos que lo demás que vía, y así, le pidió que les dixese la causa por qué lo decía y lloraba con tanto sentimiento.

Entonces Constanza, aquietándose° un poco, contó públicamente cuanto con don Jorge le había pasado desde que la empezó a amar, hasta el punto que estaba, añadiendo,° por fin, que pues ella había pedido a don Jorge un imposible, y él le había cumplido, aunque ignoraba el modo, que en aquel caso no había otro remedio sino su muerte; con la cual, dándosela su marido, como el más agraviado, tendría todo fin y don Jorge no podría tener quexa della. — calming herself / adding

Viendo Carlos un caso tan extraño, considerando que por su esposa se vía en tanto aumento° de riqueza, cosa que muchas veces sucede ser freno a las inclinaciones de los hombres de desigualdad,[33] pues el que escoge mujer más rica que él ni compra mujer sino señora;° de la misma suerte, como aconseja Aristóteles,[34] no trayendo la mujer más hacienda que su virtud, procura con ella y su humildad granjear la voluntad de su dueño. Y asimismo más enamorado que jamás lo había estado de la hermosa Constanza, le dixo: — increase / mistress

"No puedo negar, señora mía, que hicistes mal en poner precio por lo que no le tiene, pues la virtud y castidad de la mujer, no hay en el mundo con qué se pueda pagar; pues aunque os fiastes de un imposible, pudiérades° considerar que no lo hay para un amante que lo es de veras, y el premio de su — = podrías

the dishonor that they expelled Tarquin and his family from Rome, thus establishing a new republic in 509 B.C.

32 **Yo lo hiciera...** *I would do it in imitation of Lucrecia and even surpass her, for she killed herself after she'd dishonored, and I would die without losing my honor, but for having thought to put a price on it*

33 **Cosa que...** *Inequality can often serve as a restraint to man's passion*

34 **Aristóteles** Aristotle (384-322 B. C.) Greek philosopher, student of Plato, and teacher to Alexander the Great

amor lo ha de alcanzar con hacerlos.³⁵ Mas eſta culpa ya la
pagáis con la pena que os veo, por tanto ni yo os quitaré la
vida ni os daré más pesadumbre de la que tenéis. El que ha
de morir es Carlos, que, como desdichado, ya la fortuna, cansada de subirle, le quiere derribar. Vos prometiſtes dar a don
Jorge el premio de su amor, si hacía eſte jardín. Él ha buscado
modo para cumplir su palabra. Aquí no hay otro remedio
sino que cumpláis la vueſtra, que yo, con hacer eſto que ahora
veréis no os podré ser eſtorbo, a que vos cumpláis con vuestras obligaciones, y él goce el premio de tanto amor."

Diciendo eſto sacó la espada, y fuésela a meter³⁶ por los
pechos, sin mirar que con tan desesperada acción perdía el
alma, al tiempo que don Jorge, temiendo lo mismo que él
quería hacer, había de un salto juntándose con él, y asiéndole°   grasping
el puño° de la violenta espada, diciéndole: hilt

"Tente,° Carlos, tente."   stop

Se la tuvo fuertemente. Así, como eſtaba, siguió contando cuanto con el demonio le había pasado haſta el punto que
eſtaba, y pasando adelante, dixo:

"No es razón que a tan noble condición como la tuya yo
haga ninguna ofensa, pues sólo con ver que te quitas la vida,
porque yo no muera (pues no hay muerte para mí más cruel
que privarme de gozar lo que tanto quiero y tan caro° me   dearly
cueſta, pues he dado por precio el alma), me ha obligado de
suerte, que no una, sino mil perdiera,° por no ofenderte. Tu   = perdería
esposa eſtá ya libre de su obligación, que yo le alzo° la pala-   raise
bra. Goce Conſtanza a Carlos, y Carlos a Conſtanza, pues el
cielo los crió° tan conformes, que sólo él es el que la merece, y   made
ella la que es digna de ser suya, y muera don Jorge, pues nació
tan desdichado, que no sólo ha perdido el guſto por amar,
sino la joya que le coſtó a Dios morir en una Cruz."

A eſtas últimas palabras de don Jorge, se les apareció el
Demonio con la cédula en la mano, y dando voces, les dixo:

---

35 **Pudiérades considerar...** *You should have considered that there is
nothing impossible for a lover, who will do everything possible to obtain the
reward of love*

36 **Fuésela a meter...** *He was going to put it (the sword)*

"No me habéis de vencer, aunque más hagáis; pues donde un marido, atropellando° su gusto y queriendo perder la vida, se vence a sí mismo, dando licencia a su mujer para que cumpla lo que prometió; y un loco amante, obligado desto, suelta° la palabra, que le cuesta no menos que el alma, como en esta cédula se ve que me hace donación della, no he de hacer menos yo que ellos. Y así, para que el mundo se admire de que en mí pudo haber virtud, toma don Jorge: ves ahí tu cédula; yo te suelto la obligación, que no quiero alma de quien tan bien se sabe vencer."

Y diciendo esto, le arroxó° la cédula, y dando un grandísimo estallido,° desapareció y juntamente el jardín, quedando en su lugar, un espeso° y hediondo° humo, que duró un grande espacio.

Al ruido que hizo, que fue tan grande que parecía hundirse° la ciudad, Constanza y Teodosia, con su madre y las demás criadas, que como absortas y embelesadas° habían quedado con la vista del demonio, volvieron sobre sí, y viendo a don Jorge 'hincado de rodillas,° dando con lágrimas gracias a Dios por la merced que le había hecho de librarle de tal peligro, creyendo, que por secretas causas, sólo a su Majestad Divina reservadas, había sucedido aquel caso, le ayudaron haciendo lo mismo.

Acabando don Jorge su devota oración, se volvió a Constanza, y le dixo:

"Ya, hermosa señora, conozco cuán acertada has andado en guardar el decoro[37] que es justo al marido que tienes, y así, para que viva seguro de mí, pues de ti lo está y tiene tantas causas para hacerlo, después de pedirte perdón de los enfados que te he dado y de la opinión que te he quitado con mis importunas pasiones, te pido lo que tú ayer me dabas deseosa de mi bien, y yo como loco, desprecié,° que es a la hermosa Teodosia por mujer; que con esto el noble Carlos quedará seguro, y esta ciudad enterada de tu valor y virtud."

En oyendo esto Constanza, se fue con los brazos abiertos

(marginal glosses:)
tramples
releases
= **arrojó** *hurled*
explosion
thick, stinking
to bury
entranced
on bended knee
I rejected

37　**Cuán acertada...** *How right you have been to maintain your decorum*

a don Jorge, y echándoselos al cuello, casi juntó su hermosa
boca con la frente del bien entendido mozo, que pudo por la
virtud ganar lo que no pudo con el amor, diciendo:
"Este favor os doy como a hermano, siendo el primero
que alcanzáis de mí 'cuanto ha° que me amáis."   in all the time
Todos ayudaban a este regocijo:° unos con admiraciones,   joy
y otros con parabienes.° Y ese mismo día fueron desposados   congratulations
don Jorge y la bella Teodosia, con general contento de cuantos llegaban a saber esta historia. Y otro día, que no quisieron
dilatarlo más, se hicieron las solenes bodas, siendo padrinos
Carlos y la bella Constanza. Hiciéronse muchas fiestas en la
ciudad, solenizando el dichoso fin de tan enredado suceso, en
las cuales don Jorge y Carlos se señalaron, dando muestras de
su gentileza y gallardía, dando motivos a todos para tener por
muy dichosas a las que los habían merecido por dueños.
Vivieron muchos años con hermosos hijos, sin que jamás
se supiese que don Jorge hubiese sido el matador de Federico,
hasta que después de muerto° don Jorge, Teodosia contó el   dying
caso como quien tan bien lo sabía. A la cual, cuando murió, le
hallaron escrita de su mano esta maravilla, dexando al fin della por premio al que dixese cuál hizo más destos tres: Carlos,
don Jorge, o el demonio, el laurel de bien entendido.[38] Cada
uno le juzgue si le quisiere ganar, que yo quiero dar aquí fin
al *Jardín engañoso*, título que da el suceso referido a esta maravilla.
Dio fin la noble y discreta Laura a su maravilla, y todas
aquellas damas y caballeros principio a disputar cuál había
hecho más, por quedar con la opinión de discreto; y porque
la bella Lisis había puesto una joya para el que acertase. Cada
uno daba su razón: unos alegaban° que el marido, y otros que   alleged
el amante, y todos juntos, que el demonio, por ser en él cosa
nunca vista el hacer bien.
Esta opinión sustentó divinamente don Juan, llevando la
joya prometida, no con pocos celos de don Diego y gloria de
Lisarda, a quien la rindió al punto, dando a Lisis no pequeño

---

38 **El laurel de bien entendido** The laurel wreath was a traditionally woven wreath to crown someone in celebration of their honor, vic-
tory, or success.

pesar.[39]

En esto entretuvieron gran parte de la noche, tanto que por no ser hora de representar la comedia, de común voto quedó para el día de la Circuncisión,[40] que era el primer día del año, que se habían de desposar don Diego y la hermosa Lisis; y así, se fueron a las mesas que estaban puestas, y cenaron con mucho gusto, dando fin a la quinta noche, y yo a mi honesto y entretenido sarao, prometiendo si es admitido con el favor y gusto que espero, segunda parte, y en ésta el castigo de la ingratitud de don Juan, mudanza de Lisarda y boda de Lisis, si como espero, es estimado mi trabajo y agradecido mi deseo, y alabado,° no mi tosco° estilo, sino el deseo con que   lauded, rough
va escrito.

---

39 **A quien...** *To whom he presented the jewel, giving Lisis no small aggravation*

40 **Dia de la Circuncisión** This holiday, Feast of the Circumcision of Christ, which takes place on January 1st in several Catholic/Christian countries/regions in the world, among them Spain, observes the circumcision of Christ eight days after his birth. For believers, the significance of this act is that it represents the first time Jesus spills his blood for humankind.

La inocencia castigada

En una ciudad cerca de la gran Sevilla, que no quiero nombrarla, porque aún viven hoy deudos muy cercanos de don Francisco, caballero principal y rico, casado con una dama su igual hasta en la condición.[1] Éste tenía una hermana de las hermosas mujeres que en toda la Andalucía 'se hallaba,° cuya edad aún no llegaba a diez y ocho años. Pidiósela por mujer un caballero de la misma ciudad, no inferior a su calidad, ni menos rico, antes entiendo que la aventajaba° en todo. Parecióle, como era razón,[2] a don Francisco que aquella dicha° sólo venía del cielo, y muy contento con ella,[3] lo comunicó con su mujer y con doña Inés, su hermana, que como no tenía más voluntad que la suya,[4] y en cuanto a la obediencia y amor reverencial le tuviese en lugar de padre,[5] aceptó el casamiento, quizá no tanto por él, cuanto por salir de la rigurosa condición[6] de su cuñada, que era de lo cruel que imaginarse puede. De manera que antes de dos meses se halló, por salir de un cautiverio,° puesta en otro martirio; si bien, con la dulzura de las caricias de su esposo, que hasta en eso, a los principios, no hay quien se la gane a los hombres; antes se dan tan buena maña,[7] que tengo para mí que las gastan todas al primer año, y después, como se hallan fallidos del caudal del agasajo,[8] hacen morir a puras necesidades de él[9] a sus esposas, y quizá, y sin quizá, es lo cierto ser esto la causa por donde ellas, aborrecidas, se empeñan en bajezas,[10] con que ellos no pierden el

was found

was superior

good fortune

captivity

---

1 **Su igual...** *Equal in every way*
2 **Como era...** *As was natural*
3 **Ella** *meaning the proposal*
4 **Como no...** *As she had no will but his*
5 **Le tuviese...** *She saw him as father figure.*
6 **Cuanto por...** *But rather to escape the harsh temper*
7 **No hay...** *At first men are quite devoted*
8 **Como se...** *When they find themselves depleted of all wealth and hospitality*
9 **De él** *Meaning affection*
10 **Se empeñan...** *They insist upon participating in vile acts*

71

honor y ellas la vida. ¿Qué espera un marido, ni un padre, ni
un hermano, y hablando más comúnmente, un galán, de una
dama, si se ve aborrecida, y falta de lo que ha meneſter,[11] y
tras eso, poco agasajada° y eſtimada, sino una desdicha?° ¡Oh,   valued, misfortune
válgame Dios,[12] y qué confiados son hoy los hombres, pues
no temen que lo que una mujer desesperada hará, no lo hará
el demonio! Piensan que por velarlas y celarlas se libran y las
apartan de travesuras, y se engañan.[13] Quiéranlas, acaricien-
las y den las lo que les falta,[14] y las guarden ni celen, que ellas
se guardarán y celarán, cuando no sea de virtud, de obligación. ¡Y válgame otra vez Dios, y qué moneda tan falsa es ya
la voluntad, que no pasa ni vale sino el primer día, y luego no
hay quien sepa su valor![15]

No le sucedió° por eſta parte a doña Inés la desdicha, porque   happened
su esposo hacía la eſtimación de ella que merecía° su valor   merited
y hermosura; por éſta le vino la desgracia, porque siempre
la belleza anda 'en pasos° de ella. Gozaba la bella dama una   in the footsteps
vida guſtosa y descansada, como quien entró en tan florida
hacienda con un marido de lindo talle y mejor condición,[16]
si le durara;[17] mas cuando sigue a uno una adversa suerte,
por más que haga no podrá librarse de ella. Y fue que, sien-
do doncella,° jamás fue viſta, por la terrible condición° de su   virgin, severity
hermano y cuñada; mas ya casada, o ya acompañada de su
esposo, o ya con las parientas y amigas, salía a las holguras,°   diversion
visitas y fieſtas de la ciudad. Fue viſta de todos, unos alaban-
do° su hermosura y la dicha de su marido en merecerla, y   praising
otros envidiándola y sintiendo no haberla escogido° para sí, y   chosen
otros amándola ilícita y deshoneſtamente, pareciéndoles que
con sus dineros y 'galanterías la granjearían° para gozarla.   gallantry they would
                                                                                  win her

---

11 **Falta de lo...** *And lacking the necessary affection she requires*

12 **¡Oh, válgame...** *Oh, Heaven Help!*

13 **Piensan que...** *They believe that by cloistering and guarding women
closely that they (men) keep them free from mischief and are free of any other
reſponsibility, but they're wrong.*

14 **Quiéranlas...** *Let men love them and carress them and give them what
they need*

15 **Y luego...** *And then there is no one who knows its value*

16 **Con un marido...** *With a handsome and even-tempered husband*

17 **Si le...** *If only it had lasted!*

Uno de éstos fue don Diego, caballero mozo, rico y libre, que, a costa de su 'gruesa hacienda,° no sólo había granjeado el nombre y lugar de caballero, mas que no se le iban por alto ni por remontadas las más hermosas garzas de la ciudad.[18] Éste, de ver la peligrosa ocasión, se admiró, y de admirarse, se enamoró, y debió, por lo presente, de ser de veras, que hay hombres que se enamoran de burlas,[19] pues con tan loca desesperación mostraba y daba a entender su amor[20] en la continua asistencia en su calle, en las iglesias, y en todas las partes que podía seguirla. Amaba, en fin, 'sin juicio,° pues 'no atendía° a la pérdida que podía resultar al honor de doña Inés con tan públicos galanteos.° 'No reparaba° la inocente dama en ellos: lo uno, por parecerle que con su honestidad podía vencer cualesquiera deseos lascivos de cuantos la veían;[21] y lo otro, porque en su calle vivían sujetos, no sólo hermosos, mas hermosísimos, a quien imaginaba dirigía° don Diego su asistencia. Sólo amaba a su marido, y con este descuido,° ni se escondía, si estaba en el balcón, ni dejaba de asistir a las músicas y 'demás finezas° de don Diego, pareciéndole iban dirigidos a una de dos damas, que vivían más abajo de su casa, doncellas y hermosas, mas con libertad.

Don Diego cantaba y tenía otras habilidades,° que ocasiona la ociosidad° de los mozos ricos y sin padres que los sujeten;[22] y las veces que se ofrecía, 'daba muestras de ellas° en la calle de doña Inés. Y ella y sus criadas, y su mismo marido, salían a oírlas, como he dicho, creyendo se dirigían a diferente sujeto, que, a imaginar otra cosa, de creer es que pusiera estorbo al dejarse ver.[23] En fin, con esta buena fe pasaban todos haciendo gala del bobeamiento[24] de don Diego, que, cauto,° cuando

immense wealth

without judgment
he paid no heed
demonstrations, didn't
  notice

was directing

carelessness

other gallantries

talents
leisure
show them off

craftily

---

18 **Mas que…** *His title didn't prevent him from seducing the most beautiful women in the city.*

19 **Hay hombres…** *There are some men who fall into false love*

20 **Daba a entender …** *He was trying to make clear his love*

21 **Con su…** *Her purity would prevail over any lascivious desires on the part of those who saw her.*

22 **Sin padres…** *Without parents to govern them*

23 **De creer…** *Had doña Inés thought otherwise she would never have allowed herself to be seen*

24 **En fin…** *At any rate, with this good faith, they all made fun of don*

su esposo de doña Inés o sus criados le veían, daba a entender
lo mismo que ellos pensaban, y con 'este cuidado descuida-
do,° cantó una noche, sentado a la puerta de las dichas damas,   this problem resolved
este romance:

5

    Como la madre a quien falta
    el tierno y amado hijo,[25]
    así estoy cuando no os veo,
    dulcísimo dueño mío.

10

    Los ojos, en vuestra ausencia,
    son dos caudalosos° ríos,   overflowing
    y el pensamiento, sin vos,
    un confuso laberinto.°   maze

15

    ¿Adónde estáis, que no os veo,
    prendas° que en el alma estimo?   qualities
    ¿Qué oriente goza esos rayos,
    o qué venturosos indios?

20

    Si en los brazos del Aurora°   Dawn
    está el Sol alegre y rico,
    decid: siendo vos aurora,
    ¿cómo no estáis en los míos?

25

    Salís, y os ponéis sin mí,
    ocaso° triste me pinto,   sunset
    triste Noruega parezco,[26]
    tormento en que muero y vivo.

30

    Amaros no es culpa, no,[27]
    adoraros no es delito;°   crime
    si el amor dora° los yerros,[28]   gilds

Diego's follies

25 **Como la madre...** *Like the mother who has lost her darling child*
26 **Triste...** *Just like darkest Norway I appear*
27 **Amaros...** *It's no fault to love you*
28 Pun on **hierros** (irons) and **yerros** (errors)

¡qué dorados son los míos!

No viva yo,[29] si ha llegado
a los amorosos quicios°   thresholds
de las puertas de mi alma
pesar de° haberos querido.   sorrow of

Ahora que no me oís,
habla mi amor atrevido,°   boldly
y cuando os veo, enmudezco°   I fall silent
sin poder mi amor deciros.

Quisiera que vuestros ojos
conocieran de los míos[30]
lo que no dice la lengua,
que está, para hablar, sin bríos.°   elegance

Y luego que os escondéis,
atormento los sentidos,
por haber callado tanto,
diciendo lo que os estimo.

Mas porque no lo ignoréis,
siempre vuestro me eternizo;
siglos durará mi amor,
pues para vuestro he nacido.

Alabó doña Inés, y su esposo, el romance, porque como no
entendía que era ella la causa de las bien cantadas y lloradas
penas de don Diego, no se sentía agraviada;° que, a imaginar-   aggrieved
lo, es de creer que no lo consintiera.[31] Pues viéndose 'el mal
correspondido° caballero cada día peor y que no daba un paso   poor unrequited lover
adelante en su pretensión, andaba confuso y triste, no sabien-
do cómo descubrirse a la dama, temiendo de su indignación
alguna áspera° y cruel respuesta. Pues, andando, como digo,   harsh

---

29 **No viva...** *Let me cease living*
30 **Quisiera...** *I would like that your eyes could know from mine*
31 **Es de...** *You can be sure she would have never permitted it.*

una mujer que vivía en la misma calle, en un aposento° en- apartment
frente de la casa de la dama, algo más abajo, notó el cuidado
de don Diego con más sentimiento que doña Inés, y luego
conoció el juego, y un día que le vio pasar, le llamó y, con ca-
5 riñosas razones, le procuró° sacar la causa de sus desvelos.° tried, troubles

Al principio negó don Diego su amor, 'por no fiarse de° la for lack of trust
mujer; mas ella, como astuta, y que no debía de ser la primera
que había hecho, le dijo que no se lo negase,[32] que ella conocía
medianamente° su pena, y que si alguna en el mundo le podía thoroughly
10 dar remedio,° era ella, porque su señora doña Inés la hacía remedy
mucha merced,[33] dándole entrada en su casa y comunicando
con ella sus más escondidos secretos, porque la conocía desde
antes de casarse, estando en casa de su hermano. Finalmente,
ella lo pintó tan bien y con tan finas colores, que don Die-
15 go casi pensó si 'era echada° por parte de la dama, por ha- had been prompted
ber notado su cuidado. Y con este loco pensamiento, a pocas
vueltas° que este astuto verdugo° le dio, confesó 'de plano° turns, hangman, flat o[ut]
toda su voluntad, pidiéndola diese a entender a la dama su
amor, ofreciéndole, si se veía admitido, grande interés. Y para
20 engolosinarla° más, quitándose una cadena que traía puesta, entice her
se la dio. Era rico y deseaba alcanzar,[34] y así, no reparaba en
nada. Ella la recibió,° y le dijo descuidase, y que anduviese accepted
·por allí, que ella le avisaría en teniendo negociado;[35] que no
quería que nadie le viese hablar con ella, porque no cayesen
25 en alguna malicia.[36] Pues ido don Diego, muy contenta la
mala mujer, se fue en casa de unas 'mujeres de oscura vida° prostitutes
que ella conocía, y escogiendo entre ellas una, la más hermo-
sa, y que así en el cuerpo y garbo° pareciese a doña Inés, y clothing, = la llevó
llevóla° a su casa, comunicando con ella el engaño que quería
30 hacer, y escondiéndola donde de nadie fuese vista, pasó en
casa de doña Inés, diciendo a las criadas dijesen a su señora
que una vecina de enfrente la quería hablar, que, sabido por

---

32 **Le dijo…** *She told him not to deny it*
33 **Su señora…** *Her mistress doña Inés was very kind to her*
34 **Deseaba alcanzar…** *He wanted to achieve his goal*
35 **Le dijo…** *She told him not to worry; he should go take a walk, and*
she'd let him know when she had everything arrange.
36 **Que no…** *So that they didn't cause suspicion*

doña Inés, la mandó entrar. Y ella, con la arenga y labia ne-
cesaria, de que la mujercilla no carecía,[37] después de haberle
besado la mano, le suplicó le hiciese merced de prestarle por
dos días aquel vestido que traía puesto,[38] y que 'se quedase en
prenda° de él aquella cadena, que era la misma que le había
dado don Diego, y todo esto porque casaba una sobrina. No
anduvo muy descaminada° en pedir aquel que traía puesto,
porque, como era el que doña Inés ordinariamente traía, que
era de damasco pardo,[39] pudiese don Diego dejarse llevar de
su engaño.[40] Doña Inés era afable,° y como la conoció por
vecina de la calle, le respondió que aquel vestido estaba ya
ajado° de traerle continuo, que otro mejor le daría.

    "No, mi señora," dijo la engañosa mujer; "éste basta, que
no quiero que sea demasiadamente costoso, que parecerá (lo
que es) que no es suyo, y los pobres también tenemos repu-
tación. Y quiero yo que los que se hallaren a la boda piensen
que es suyo, y no prestado."

    Rióse doña Inés, alabando el pensamiento de la mujer,
y mandando traer otro, se le puso, desnudándose aquél y
dándoselo a la dicha, que le tomó contentísima, dejando en
prendas la cadena, que doña Inés tomó, por quedar segura,
pues apenas conocía a la que le llevaba, que fue con él más
contenta que si° llevara un tesoro. Con esto aguardó° a que
viniese don Diego, que no fue nada descuidado, y ella, con
alegre rostro, le recibió diciendo:

    "Esto sí que es saber negociar, 'caballerito bobillo.° Si no
fuera por mí, toda la vida te pudieras andar tragando° saliva
sin remedio. Ya hablé a tu dama, y la dejo más blanda que una
'madeja de seda floja.° Y para que veas lo que me debes y en
la obligación que me estás, esta noche, a la Oración,[41] aguar-

Margin notes: keep as pawn · on track · polite · wornout · = *como* si, waited · foolish little man · swallowing · skein of loose silk

---

    37 **Con la...** *With the right words and insolence that the strumpet didn't
lack*

    38 **Le suplicó...** *She begged doña Inés to loan her the very dress she was
wearing for just a couple of days*

    39 **Damask** is a figured fabric of silk or wool with a pattern formed by
weaving.

    40 **Pudiese don Diego...** *It would more readily convince don Diego*

    41 **Oración** or Angelus is a short practice of devotion in honor of the
Incarnation repeated three times each day, morning, noon, and evening. It

da a la puerta de tu casa, que ella y yo te iremos a hacer una
visita, porque es cuando su marido se va a jugar a 'una casa
de conversación,° donde eſtá haſta las diez; mas dice que,   casino
por el decoro° de una mujer de su calidad y casada, no quiere   decorum
5 ser viſta; que no haya criados, ni luz, 'sino muy apartada,° o   unless it's far remov
que no la haya; mas yo, que soy muy 'apretada de corazón,°   faint-hearted
me moriré si eſtoy a oscuras, y así podrás apercibir un farolillo que dé luz, y eſté sin ella la parte adonde hubieres de
hablarla."[42]

10 Todo eſto hacía, porque pudiese don Diego reconocer
el veſtido, y no el roſtro, y se engañase. Mas volvíase loco el
enamorado mozo, abrazaba a la falsa y cautelosa tercera,[43]
ofreciéndola de nuevo suma de interés, dándole cuanto consigo traía. En fin, él se fue a aguardar su dicha, y ella, él ido,
15 viſtió a la moza que tenía apercibida° el veſtido de la desdi-   furnished
chada doña Inés, tocándola y aderezándola° al modo que la   instructing her
dama andaba. Y púsola de modo que, mirada algo 'a lo os-
curo,° parecía la misma doña Inés, muy contenta de haberle   in the darkness
salido tan bien la invención,° que ella misma, con saber la   fabrication
20 verdad, se engañaba.

Poco antes de anochecer, se fueron en casa de don Diego,
que las eſtaba aguardando a la puerta, haciéndosele los ins-
tantes siglos;[44] que, viéndola y reconociendo el veſtido, por
habérsele viſto ordinariamente a doña Inés, como en el talle°   figure
25 le parecía y venía tapada,° y era ya cuando cerraba la noche,   veiled
la tuvo por ella. Y loco de contento, las recibió y entró en un
cuarto bajo, donde no había más luz que la de un farol° que   lamp
eſtaba en el antesala, y a éſta y a una alcoba que en ella había,
no se comunicaba más que el resplandor° que entraba por la   illumination
30 puerta. Quedóse la vil° tercera en la sala de afuera, y don Die-   vile

---

consiſts essentially in the triple repetition of the Hail Mary.
    42 **Podrás apercibir...** *You should prepare a small lantern and place it
well away from the place where you'll ſpeak to her*
    43 A Go-between or matchmaker in the XVII century was one who fa-
cilitated amorous relationships for personal financial gain (i.e. of the tradition
of the *trotaconvento* or *alchahueta* (w. Arabic in origin) of *El Libro de buen
amor* (1335) and Celeſtina in *La Celeſtina* (1499).
    44 **Haciéndosele los...** *Each second seemed like a century*

go, tomando por la mano a su fingida° doña Inés, se fueron — false
a sentar sobre una cama de damasco que estaba en el alcoba.
Gran rato se pasó en engrandecer° don Diego la dicha de ha- — exaggeration
ber merecido tal favor, y la fingida doña Inés, bien instruida° — instructed
en lo que había de hacer, en responderle a propósito, enca-
reciéndole° el haber venido y 'vencido los inconvenientes° de — emphasizing to him / overcoming obstacles
su honor, marido y casa, con otras cosas que más a gusto les
estaba,⁴⁵ donde don Diego, bien ciego en su engaño, llegó al
colmo° de los favores,⁴⁶ que tantos desvelos le habían costado — the culmination
el desearlos y alcanzarlos, quedando muy más enamorado de
su doña Inés que antes.

Entendida era la que hacía el papel° de doña Inés, y re- — role
presentábale° tan al propio,⁴⁷ que en don Diego puso mayores — = le representaba
obligaciones; y así, cargándola° de joyas de valor, y a la tercera — lavishing her
de dinero, viendo ser la hora conveniente para llevar adelante
su invención, se despidieron, rogando el galán a su amada
señora que le viese presto,° y ella prometiéndole que, sin sa- — soon
lir de casa, la aguardase cada noche desde la hora que había
dicho hasta las diez, que si hubiese lugar, no le perdería.⁴⁸ Él
se quedó gozosísimo, y ellas se fueron a su casa, contentas y
aprovechadas° a costa de la opinión⁴⁹ de la inocente y descui- — rewarded
dada doña Inés. 'De esta suerte° le visitaron algunas veces en — in this form
quince días que tuvieron el vestido; que, con cuanto supieron,
o fuese que Dios porque se descubriese un caso como éste, o
que temor de que don Diego no reconociese con el tiempo
que no era la verdadera doña Inés la que gozaba,⁵⁰ 'no se
previnieron° de hacer otro vestido como con el que les servía — they didn't plan
de disfraz;° y viendo era tiempo de volverle a su dueño, la úl- — costume
tima noche que se vieron con don Diego le dieron a entender
que su marido había dado en recogerse° temprano, y que 'era — return

---

45 **Con otras...** *They exchanged other pleasantries as well*
46 Indirect reference to don Diego's ultimate goal, sexual consum-
mation
47 **Representábale tan...** *She played the role so well*
48 **Que si...** *If she could come, she wouldn't miss a chance*
49 Opinión= doña Inés's honor and reputation
50 **O fuese...** *perhaps fearful that God would make the truth known or*
perhaps that don Diego would in time realize that it wasn't the real doña Inés he
was enjoying

fuerza° por algunos días recatarse,° porque les parecía que | good idea, hide hims
andaba algo cuidadoso,[51] y que era fuerza asegurarle, que, en
habiendo ocasión de verle, no la perderían; se despidieron,
quedando don Diego tan triste como alegre cuando la primera vez las vio. Con esto, se volvió el vestido a doña Inés, y
la fingida y la tercera partieron° la ganancia, muy contentas | split
con la burla.

Don Diego, muy triste, paseaba la calle de doña Inés, y
muchas veces que la veía, aunque notaba el descuido de la
dama, juzgábalo a recato,[52] y sufría su pasión 'sin atreverse a° | without daring to
más que a mirarla; otras hablaba con la tercera qué había sido
de su gloria, y ella unas veces le decía que 'no tenía lugar,° por | no way
andar su marido cuidadoso; otras, que ella buscaría ocasión
para verle. Hasta que un día, viéndose *importunada*° de don | bothered
Diego, y que le pedía llevase a doña Inés un papel, le dijo que
'no se cansase,° porque la dama, o era miedo de su esposo, o | don't waste his time
que 'se había arrepentido,° porque cuando la veía, no con- | she had repented
sentía que la hablase en esas cosas, y aun llegaba a más, que
le negaba la entrada en su casa, mandando a las criadas no
la dejasen entrar. En esto se ve cuán mal la mentira se puede
disfrazar en traje de verdad, y si lo hace, es por poco tiempo.

Quedó el triste don Diego con esto tal, que fue milagro
no perder el juicio; y en mitad de sus penas, por ver si podía
hallar alivio en ellas, se determinó en hablar a doña Inés y
saber de ella misma la causa de tal desamor y 'tan repentino.° | so suddenly
Y así, no faltaba de día ni de noche de la calle, hasta hallar
ocasión de hacerlo. Pues un día que la vio ir a misa sin su
esposo (novedad grande, porque siempre la acompañaba), la
siguió hasta la iglesia, y arrodillándose° junto a ella 'lo más | kneeling
paso° que pudo, si bien con grande turbación, le dijo: | as close

"¿Es posible, señora mía, que vuestro amor fuese tan
corto, y mis méritos tan pequeños, que apenas nació cuando
murió? ¿Cómo es posible que mi agasajo° fuese de tan poco | attentions
valor, y vuestra voluntad tan mudable, que siquiera bien ha-
llada con mis cariños, no hubiera echado algunas raíces para

51 **Les parecía...** *It seemed to them that the husband was a bit wary*
52 **Juzgábalo a recato...** he attributed it to her modesty

siquiera tener en la memoria cuantas veces os nombraſtes mía,[53] y yo me ofrecí por esclavo vueſtro? Si las mujeres de calidad dan mal pago, ¿qué se puede esperar de las comunes? Si acaso eſte desdén° nace de haber andado corto en serviros y regalaros, vos habéis tenido la culpa, que quien os rindió lo poco os hubiera hecho dueño de lo mucho, si no os hubiérades retirado tan cruel,[54] que aun cuando os miro, no os dignáis favorecerme con vueſtros hermosos ojos, como si cuando os tuve en mis brazos no juraſteis° mil veces por ellos que no me habíades° de olvidar."

disdain

you swore
you wouldn't

Miróle doña Inés admirada de lo que decía, y dijo:

"¿Qué decís, señor? ¿Deliráis, o tenéisme° por otra? ¿Cuándo eſtuve en vueſtros brazos, ni juré de no olvidaros, ni recibí agasajos, ni me hiciſteis cariños? Porque mal puedo olvidar lo que jamás me he acordado,[55] ni cómo puedo amar ni aborrecer lo que nunca amé."

do you mistake me

"Pues ¿cómo" replicó don Diego, "aún queréis negar que no me habéis viſto ni hablado? Decid que eſtáis arrepentida de haber ido a mi casa, y no lo neguéis, porque no lo podrá negar el veſtido que traéis pueſto, pues fue el mismo que llevaſteis, ni lo negará fulana.° vecina de enfrente de vueſtra casa, que fue con vos."

so-and-so

Cuerda° y discreta era doña Inés, y oyendo del veſtido y mujer, aunque turbada°
y medio muerta de un caso tan grave, cayó en lo que podía ser, y volviendo a don Diego, le dijo:

prudent
upset

"¿Cuánto habrá eso que decís?"

"Poco más de un mes" replicó él.

Con lo cual doña Inés acabó de todo punto de creer que el tiempo que el veſtido eſtuvo preſtado a la misma mujer le habían hecho algún engaño. Y por averiguarlo mejor, dijo:

"Ahora, señor, no es tiempo de hablar más en eſto. Mi marido ha de partir mañana a Sevilla a la cobranza° de unos

retrieval

---

53 **Que siquiera...** *Even though it seemed to match my affection it didn't take root enough for you to remember the times you said you were mine*

54 **Que quien...** *The little I did for you would have become much more if you hadn't cut me off*

55 **Porque mal...** *I can hardly forget what never happened*

pesos que le han venido de Indias; de manera que a la tarde
eſtad en mi calle, que yo os haré llamar, y hablaremos largo
sobre eſto que me habéis dicho. Y no digáis nada de eſto a
esa mujer, que importa encubrirlo° de ella."   conceal it

Con eſto don Diego se fue muy guſtoso por haber negociado tan bien, cuanto doña Inés quedó triſte y confusa.
Finalmente, su marido se fue otro día, como ella dijo, y luego
doña Inés envió a llamar al Corregidor.° Y venido, le puso en   mayor
parte donde pudiese oír lo que pasaba, diciéndole convenía°   it was in her best
a su honor que fuese teſtigo y juez de un caso de mucha gra-   interest
vedad. Y llamando a don Diego, que no se había descuidado,
y le dijo eſtas razones:

"Cierto, señor don Diego, que me dejaſteis ayer pueſta en
tanta confusión, que si no hubiera permitido Dios la ausencia
de mi esposo en eſta ocasión, que con ella he de averiguar la
verdad y sacaros del engaño y error en que eſtáis, que pienso
que hubiera perdido el juicio, o yo misma 'me hubiera qui-
tado la vida.° Y así, os suplico me digáis muy por entero y   I would have com-
despacio lo que ayer me dijiſteis de paso en la iglesia."   mitted suicide

Admirado° don Diego de sus razones, le contó cuanto
con aquella mujer le había pasado, las veces que había eſtado
en su casa, las palabras que le había dicho, las joyas que le había dado. A que doña Inés, admirada, satisfizo y contó cómo
eſte tiempo había eſtado el veſtido en poder de esa mujer, y
cómo le había dejado en prenda una cadena, ateſtiguando
con sus criadas la verdad, y cómo ella no había faltado de su
casa, ni su marido iba a ninguna casa de conversación, antes
se recogía con el día.[56] Y que ni conocía tal mujer, sino sólo
de verla a la puerta de su casa, ni la había hablado, ni entrado
en ella en su vida. Con lo cual don Diego quedó embelesado,°   stunned
como los que han viſto visiones, y corrido de la burla[57] que se
había hecho de él, y aún más enamorado° de doña Inés que   enraptured
antes.

A eſto salió el Corregidor, y juntos fueron en casa de la
desdichada tercera, que al punto confesó la verdad de todo,

---

56 **Antes se recogía...** *He always went to bed early*
57 **Corrido de la burla...** *Ashamed of the trick played on him*

entregando° algunas de las joyas que le habían tocado de la   returning
partición y la cadena, que se volvió a don Diego, granjeando de la burla doscientos azotes° por infamadora de mujeres   lashes
principales y honradas, y más defterrada° por seis años de la   exiled
ciudad, no declarándose más el caso por la opinión de doña
Inés, con que la dama quedó satisfecha en parte, y don Diego
más perdido que antes, volviendo de nuevo a sus pretensio-
nes, paseos y músicas, y efto con más confianza, pareciéndole
que ya había menos que hacer, supuefto que la dama sabía su
amor, no desesperando de la conquifta, pues tenía caminado
lo más.[58] Y lo que más le debió de animar° fue no creer que   encourage
no había sido doña Inés la que había gozado, pues aunque
se averiguó la verdad con tan fieles° teftigos, y que la mis-   loyal
ma tercera la confesó, con todo debió de entender había sido
fraude, y que, arrepentida doña Inés, lo había negado, y la
mujer, de miedo, se había sujetado a la pena.[59]
Con efte pensamiento la galanteaba más atrevido, siguiéndola
si salía fuera, hablándola si hallaba ocasión. Con lo que doña
Inés, aborrecida, ni salía ni aun a misa, ni se dejaba ver del
atrevido mozo, que, con la ausencia de su marido, se tomaba
más licencias que eran menefter; de suerte que la perseguida
señora aun la puerta no consentía que se abriese, porque no
llegase su descomedimiento° a entrarse en su casa. Mas, ya   rudeness
desesperada y resuelta a vengarse° por efte soneto que una   to take revenge
noche cantó en su calle, sucedió lo que luego se dirá.

> Dueño querido: si en el alma mía
> alguna parte libre se ha quedado,
> hoy de nuevo a tu imperio la he postrado,[60]
> rendida a tu hermosura y gallardía.
>
> Dichoso soy, desde aquel dulce día,
> Que con tantos favores quedé honrado;
> Instantes a mis ojos he juzgado
> Las horas que gocé tu compañía.

---

58 **Pues tenía...** *The hardeft part was done*
59 **Se había...** *Had been subjeft to punishment*
60 **La he poftrado...** *I have placed it*

¡Oh si fueran verdad los fingimientos°
De los encantos° que 'en la edad primera°
Han dado tanta fuerza a los engaños,
Ya se vieran logrados° mis intentos,
Si de los dioses merecer pudiera,
Encanto, gozarte muchos años.

figments
charms, at the begin
ning
achieved

Sintió tanto doña Inés entender[61] que aún no eſtaba don
Diego cierto de la burla que aquella engañosa mujer le había hecho en desdoro° de su honor, que al punto le envió a
decir con una criada que, supueſto que ya sus atrevimientos
pasaban a desvergüenzas,° que se fuese con Dios, sin andar
haciendo escándalos ni publicando locuras, sino que le pro-
metía, como quien era, de hacerle matar.

dishonor

shamelessness

Sintió tanto el malaconsejado° mozo eſto, que, como
desesperado con 'mortales bascas° se fue a su casa, donde estuvo muchos días en la cama, con una enfermedad peligrosa, acompañada de tan cruel melancolía,[62] que parecía que-
rérsele acabar la vida; y viéndose morir de pena, habiendo
oído decir que en la ciudad había un moro, gran hechicero° y
nigromántico,[63] le hizo buscar, y que se le trajesen, para obligar con encantos y hechicerías a que le quisiese doña Inés.[64]

ill-advised
illnesses

sorcerer

Hallado el moro, y traído se encerró con él, dándole larga
cuenta de sus amores tan desdichados como atrevidos, pidiéndole remedio contra el desamor y desprecio que hacía
de él su dama, tan hermosa como ingrata. El nigromántico
agareno° le prometió que, dentro de tres días, le daría con que
la misma dama se le viniese a su poder, como lo hizo; que

Muslim

---

61 **Sintió tanto...** *Doña Inés was deeply upset*

62 **Melancholia** comes from the old medical theory of the four humors:
disease being caused by an imbalance in one or other of the four basic bodily
fluids, or humors. Hiſtorically, melancholy could be classified as a physical
illness as well as mental illness.

63 **Nigromántico** Necromancer was someone who praƈticed black
arts by summoning ſpirits of divination. Medieval praƈtitioners believed they
could accomplish three things with necromancy: will manipulation, illusions,
and knowledge.

64 **Que se le trajesen...** *Sent for him to have him make doña Inés love
him through ſpells and witchcraft*

como ajenos° de nueſtra católica fe, no les es dificultoso, con   outsiders
apremios° que hacen al demonio, aun en cosas de más cali-   pressures
dad; porque, pasados los tres días, vino y le trajo una imagen
de la misma figura y roſtro de doña Inés, que por sus artes la
había copiado al natural, como si la tuviera presente.[65] Tenía
en el remate° del tocado una vela, de la medida y proporción   corner
de una bujía de un cuarterón° de cera° verde. La figura de   quarter pound, wax
doña Inés eſtaba desnuda, y las manos pueſtas sobre el cora-
zón, que tenía descubierto, 'clavado por él un alfiler° grande,   nailed by a gold pin
dorado, a modo de saeta, porque en lugar de la cabeza tenía
una forma de plumas del mismo metal, y parecía que la dama
quería sacarle° con las manos, que tenía encaminadas° a él.   to pull it out, enclosed

    Díjole el moro que, en eſtando solo, pusiese aquella figu-
ra sobre un bufete, y que encendiese° la vela que eſtaba sobre   to light
la cabeza, y que sin falta ninguna vendría luego la dama, y
que eſtaría el tiempo que él quisiese, mientras él no le dijese
que se fuese. Y que cuando la enviase, 'no matase° la vela, que   don't blow out
en eſtando la dama en su casa, ella se moriría por si misma;
que si la mataba antes que ella se apagase, 'correría riesgo° la   would run the risk
vida de la dama, y asimismo° que no tuviese miedo de que   at the same time
la vela se acabase, aunque ardiese° un año entero, porque es-   burned
taba formada de tal arte, que duraría eternamente, mientras
que en la noche del Bautiſta[66] no la echase en una hoguera°   bonfire
bien encendida. Que don Diego, aunque no muy seguro de
que sería verdad lo que el moro le aseguraba, contentísimo
cuando no por las esperanzas que tenía, por ver en la figura el
natural retrato° de su natural enemiga, con tanta perfección,   portrait
y naturales colores, que, si como no era de 'más del altor de
media vara,° fuera de la altura de una mujer, creo que con   height of a half a yard
ella olvidara el natural original de doña Inés, a imitación del
que se enamoró de otra pintura y de un árbol. Pagóle al moro

---

65 **Como si...** *As if she had modeled for it*
66 **El día de San Juan Bautiſta** Day of St. John the Baptiſt (23 June) is
a tradition with pre-Chriſtian roots. It originated with the celebration of the
Summer Solſtice, but the Chriſtians incorporated the cuſtoms and traditions
into a Catholic celebration of St. John, according to the Goſpel of Luke (1:36,
56-57). Typically the night celebration encompasses bonfires in honor of St.
John.

bien a su gusto el trabajo; y despedido de él, aguardaba la
noche como si esperara la vida, y todo el tiempo que la venida
'se dilató,° en tanto que se recogía la gente y una hermana   took a long time
suya, viuda, que tenía en casa y le asistía a su regalo, se le ha-
cía una eternidad: tal era el deseo que tenía de experimentar
el encanto.

   Pues recogida la gente, él se desnudó, para acostarse, y
dejando la puerta de la sala no más de apretada, que así se lo
advirtió el moro, porque las de la calle nunca se cerraban, por
haber en casa más vecindad, encendió la vela, y poniéndola
sobre el bufete, se acostó, contemplando a la luz que daba la
belleza del hermoso retrato; que como la vela empezó a arder,
la descuidada doña Inés, que estaba ya acostada, y su casa y
gente recogida, porque su marido aún no había vuelto de Se-
villa, por haberse recrecido a sus cobranzas algunos pleitos,°   lawsuits
privada, con la fuerza del encanto y de la vela que ardía, de
su juicio, y en fin, forzada de algún espíritu diabólico que
gobernaba aquello, se levantó de su cama, y poniéndose unos
zapatos que tenía junto a ella, y un faldellín° que estaba con   petticoat
sus vestidos sobre un taburete,° tomó la llave que tenía debajo   stool
de su cabecera, y saliendo fuera, abrió la puerta de su cuarto,
y juntándola en saliendo, y mal torciendo la llave, se salió a
la calle, y fue en casa de don Diego, que aunque ella no sabía
quién la guiaba, la supo llevar, y cómo halló la puerta abierta,
se entró, y sin hablar palabra, ni mirar en nada, se puso dentro
de la cama donde estaba don Diego, que viendo un caso tan
maravilloso, quedó fuera de sí;[67] mas levantándose y cerrando
la puerta, se volvió a la cama, diciendo:

   "¿Cuándo, hermosa señora mía, merecí yo tal favor? Ahora sí que doy mis penas por bien empleadas. ¡Decidme, por
Dios, si estoy durmiendo y sueño este bien, o si soy tan dichoso que despierto y en mi juicio os tengo en mis brazos!"

   A esto y otras muchas cosas que don Diego le decía, doña
Inés no respondía palabra; que viendo esto el amante, algo
pesaroso,° por parecerle que doña Inés estaba 'fuera de su   sad
sentido° con el maldito encanto, y que no tenía facultad para   unconscious

---

67 **Quedó fuera...** *Beside himself*

hablar, teniendo aquéllos, aunque favores, por muertos, conociendo claro que si la dama estuviera en su juicio, no se los hiciera, como era la verdad, que antes pasara por la muerte,[68] quiso gozar el tiempo y la ocasión, remitiendo a las obras las palabras;[69] de esta suerte la tuvo gran parte de la noche, hasta que viendo ser hora, se levantó, y abriendo la puerta, le dijo:

"Mi señora, mirad que es ya hora de que os vais."

Y en diciendo esto, la dama se levantó, y poniéndose su faldellín y calzándose, sin hablarle palabra, se salió por la puerta y volvió a su casa. Y llegando a ella, abrió, y volviendo a cerrar, sin haberla sentido nadie, o por estar vencidos del sueño, o porque participaban todos del encanto, se echó en su cama, que así como estuvo en ella, la vela que estaba en casa de don Diego, ardiendo, se apagó, como si con un soplo° la mataran, dejando a don Diego mucho más admirado, que no acababa de santiguarse, aunque lo hacía muchas veces, y si el acedia de ver que todo aquello era violento no le templara, se volviera loco de alegría.[70] Estése con ella lo que le durare,[71] y vamos a doña Inés, que como estuvo en su cama y la vela se apagó, le pareció, cobrando el perdido sentido, que despertaba de un profundo sueño; si bien acordándose de lo que le había sucedido, juzgaba que todo le había pasado soñando, y muy afligida° de tan descompuestos sueños, se reprendía a sí misma, diciendo:

"¡Qué es esto, desdichada de mí! ¿Pues cuándo he dado yo lugar a mi imaginación para que me represente cosas tan ajenas de mí, o qué pensamientos ilícitos he tenido yo con este hombre para que de ellos hayan nacido tan enormes y deshonestos efectos? ¡Ay de mí! ¿qué es esto, o qué remedio tendré para olvidar cosas semejantes?"

Con esto, llorando y con gran desconsuelo, pasó la noche y el día, que ya sobre tarde se salió a un balcón, por divertir algo su enmarañada° memoria, al tiempo que don Diego, aún

puff of air

upset

tangled

---

68 **Que antes...** *She would rather have died*

69 **Remitiendo a las obras ...** *Turning words into actions*

70 **Si el acedia...** *Although he realized what he was doing was a violation, instead of repenting he went crazy with joy*

71 **Estése con...** *Let us leave him in his happiness*

no creyendo fuese verdad lo sucedido, pasó por la calle, para
ver si la veía. Y fue al tiempo que, como he dicho, estaba en la
ventana, que como el galán la vio quebrada de color y triste,
conociendo de qué procedía el tal accidente, se persuadió a
dar crédito a lo sucedido; mas doña Inés, en el punto que le
vio, quitándose de la ventana, la cerró con mucho enojo, en
cuya facción conoció don Diego que doña Inés iba a su casa
privada de todo su sentido, y que su tristeza procedía si acaso,
como en sueños, se acordaba de lo que con él había pasado; si
bien, viéndola con la cólera que se había quitado de la ventana, se puede creer que le diría:

"Cerrad, señora, que a la noche yo os obligaré a que me
busquéis."

De esta suerte pasó don Diego más de un mes, llevando
a su dama la noche que le daba gusto a su casa, con lo que la
pobre señora andaba tan triste y casi asombrada de ver que
no se podía librar de tan descompuestos sueños, que tal creía
que eran, ni por encomendarse,° como lo hacía, a Dios, ni   *to trust herself*
por acudir° a menudo a su confesor, que la consolaba, cuanto   *to turn to*
era posible, y deseaba que viniese su marido, por ver si con
él podía remediar su tristeza. Y ya determinada, o a enviarle
a llamar, o a persuadirle la diese licencia para irse con él, le
sucedió lo que ahora oiréis. Y fue que una noche, que por ser
de las calurosas del verano,[72] muy serena y apacible, con la
luna hermosa y clara, don Diego encendió su encantada vela,
y doña Inés, que por ser ya tarde estaba acostada, aunque
dilataba el sujetarse al sueño, por no rendirse a los malignos
sueños que ella creía ser, lo que no era sino la pura verdad,
cansada de desvelarse, se adormeció, y obrando en ella el encanto, despertó despavorida, y levantándose, fue a buscar el
faldellín, que no hallándole, por haber las criadas llevado los
vestidos para limpiarlos, así, en camisa como estaba, se salió
a la calle, y yendo encaminada a la casa de don Diego, en-
contró con ella el Corregidor, que con todos sus ministros de
justicia venía de ronda, y con él don Francisco su hermano,

---

72 **Las calurosas del verano** are known in English as the Dog Days of
Summer, which correspond to the hottest days of summer that fall between
early July and early September.

que habiéndole encontrado, gustó de acompañarle, por ser
su amigo; que como viesen aquella mujer en camisa, 'tan a
paso tirado,° la dieron voces que se detuviese; mas ella callaba y andaba a toda diligencia, como quien era llevada por
el espíritu maligno: tanto, que les obligó a ellos a 'alargar el
paso° por diligenciar el alcanzarla; mas cuando lo hicieron,
fue cuando doña Inés estaba ya en la sala, que en entrando los
unos y los otros, ella se fue a la cama donde estaba don Diego,
y ellos a la figura que estaba en la mesa con la vela encendida
en la cabeza; que como don Diego vio el fracaso y desdicha,
temeroso de que si mataban la vela doña Inés padecería° el
mismo riesgo, saltando de la cama les dio voces que no ma-
tasen la vela, que se quedaría muerta aquella mujer, y vuelto a
ella, le dijo:

"Idos, señora, con Dios, que ya tuvo fin este encanto, y
vos y yo el castigo de nuestro delito. 'Por vos me pesa,° que
inocente padeceréis."

Y esto lo decía por haber visto a su hermano al lado del
Corregidor. Levantóse, dicho esto, doña Inés, y como había
venido, se volvió a ir, habiéndola al salir todos reconocido, y
también su hermano, que fue bien menester la autoridad y
presencia del Corregidor para que en ella y en don Diego no
tomase la justa venganza que a su parecer merecían.[73]

Mandó el Corregidor que fuesen la mitad de sus ministros con doña Inés, y que viendo en qué paraba su embelesamiento,° y que no se apartasen de ella hasta que él mandase
otra cosa, sino que volviese uno a 'darle cuenta de ° todo; que
viendo que de allí a poco la vela se mató repentinamente, le
dijo al infelice° don Diego:

"¡Ah señor, y cómo pudiérades haber escarmentado en la
burla pasada, y no poneros en tan costosas veras!"[74]

Con esto aguardaron el aviso de los que habían ido con
doña Inés, que como llegó a su casa y abrió la puerta, que
no estaba más de apretada, y entró, y todos con ella, volvió

flit by

to hang back

would suffer

I am sorry for you

enchantment
to realize

= infeliz

---

73 **Que fue...** *It took all the mayor's authority to prevent him from wreak-
ing the vengeance he believed the two deserved*

74 "**¡Ah señor...** *"Sir, you should have learned your lesson from the first
trick you pulled and not tried your luck again!"*

a cerrar, y se fue a su cama, se echó en ella; que como a este mismo punto 'se apagase° la vela, ella despertó del embele- = se apagaba samiento, y dando un grande grito, como se vio cercada de aquellos hombres y conoció ser ministros de justicia, les dijo que qué buscaban en su casa, o por dónde habían entrado, supuesto que ella tenía la llave.

"¡Ay, desdichada señora!" dijo uno de ellos, "¡y como ha- béis estado sin sentido, pues eso preguntáis!"

A esto, y al grito de doña Inés, habían ya salido las criadas alborotadas,° tanto de oír dar voces a su señora como de ver   agitated allí tanta gente. Pues prosiguiendo el que había empezado, le contó a doña Inés cuanto había sucedido desde que la habían encontrado hasta el punto en que estaba, y cómo a todo se había hallado su hermano presente; que oído por la triste y desdichada dama, fue milagro no perder la vida. En fin, por- que no se desesperase, según las cosas que hacía y decía, y las hermosas lágrimas que derramaba, 'sacándose a manojos° sus   tearing out her hair cabellos, enviaron a avisar al Corregidor de todo, diciéndole ordenase lo que se había de hacer. El cual, habiendo tomado su confesión a don Diego y él dicho la verdad del caso, decla- rando cómo doña Inés estaba inocente, pues privado su en- tendimiento y sentido con la fuerza del encanto venía como habían visto; con que su hermano mostró asegurar su pasión, aunque otra cosa le quedó en el pensamiento.

Con esto mandó el Corregidor poner a don Diego en la 'cárcel a buen recaudo,° y tomando la encantada figura, se   high security jail fueron a casa de doña Inés, a la cual hallaron haciendo las lástimas dichas, sin que sus criadas ni los demás fuesen parte para consolarla, que a haber quedado sola, se hubiera quita- do la vida. Estaba ya vestida y arrojada° sobre un estrado,°   lying down, platform alcanzándose un desmayo a otro, y una congoja° a otra, que   anxiety como vio al Corregidor y a su hermano, se arrojó a sus pies pidiéndole que la matase, pues había ido mala, que, aunque sin su voluntad, 'había manchado° su honor. Don Francisco,   had stained mostrando en exterior piedad, si bien en lo interior estaba vertiendo ponzoña y crueldad,[75] la levantó y abrazó, tenién-

---

75 **Si bien...** *Although he was seething with venom and cruelty*

doselo todos a nobleza, y el Corregidor le dijo:

"Sosegaos,° señora, que vueſtro delito no merece la pena que vos pedís, pues no lo es, supueſto que vos no erais parte para no hacerle." calm yourself

Que algo más quieta la desdichada dama, mandó el Corregidor, sin que ella lo supiera, 'se saliesen° fuera y encendiesen la vela; que, apenas fue hecho, cuando se levantó y se salió adonde la vela eſtaba encendida, y en diciéndole que ya era hora de irse, se volvía a su asiento, y la vela se apagaba y ella volvía como de sueño. Eſto hicieron muchas veces, mudando° la vela a diferentes partes, haſta volver con ella en casa de don Diego y encenderla allí, y luego doña Inés se iba a allá de la manera que eſtaba, y aunque la hablaban, no respondía. = *que* se saliesen moving

Con que averiguado el caso, asegurándola, y acabando de aquietar a su hermano, que eſtaba más sin juicio que ella, mas por entonces disimuló, antes él era el que más la disculpaba, dejándola el Corregidor dos guardias, más por amparo que por prisión, pues ella no la merecía, se fue cada uno a su casa, admirados del suceso. Don Francisco se recogió a la suya, loco de pena, contando a su mujer lo que pasaba; que, como al fin cuñada, decía que doña Inés debía de fingir el embelesamiento por quedar libre de culpa; su marido, que había pensado lo mismo, 'fue de su parecer,° y al punto despachó un criado a Sevilla con una carta a su cuñado, diciéndole en ella dejase° todas sus ocupaciones y se viniese al punto que importaba al honor de entrambos, y que fuese tan secreto, que no supiese nadie su venida, ni en su casa, haſta que se viese con él. on her side = *que* dejase

El Corregidor otro día buscó al moro que había hecho el hechizo; mas no pareció.° Divulgóse el caso por la ciudad, y sabido por la Inquisición pidió el preso, que le fue entregado con el proceso ya suſtanciado y pueſto, cómo había de eſtar, que llevado a su cárcel, y de ella a la Suprema, no pareció más. Y no fue pequeña piedad caſtigarle en secreto, pues al fin él había de morir a manos del marido y hermano de doña Inés, supueſto que el delito cometido no merecía menor caſtigo. = apareció

Llegó el correo a Sevilla y dio la carta a don Alonso, que como vio lo que en ella se le ordenaba, bien confuso y teme-

roso de que serían flaquezas de doña Inés, se puso en camino,
y a largas jornadas llegó a casa de su cuñado, con tanto secreto, que nadie supo su venida. Y sabido todo el caso como
había sucedido, entre todos tres había diferentes pareceres°   opinions
sobre qué género de muerte darían a la inocente y desdichada
doña Inés, que aun cuando de voluntad fuera culpada, la bas-
tara por pena de su delito la que tenía, cuanto y más no habiéndole cometido, como estaba averiguado. Y de quien más
pondero de crueldad es de la traidora cuñada, que, siquiera
por mujer, pudiera tener piedad de ella.

Acordado, en fin, el modo, don Alonso, disimulando su
dañada intención, se fue a su casa, y con caricias y halagos° la   flattery
aseguró, haciendo él mismo de modo que la triste doña Inés,
ya más quieta, viendo que su marido había creído la verdad,
y estaba seguro de su inocencia, porque habérselo encubierto
era imposible, según estaba el caso público, 'se recobró° de su   she recovered
pérdida. Y si bien, avergonzada de su desdicha, apenas osa-
ba ° mirarle, se moderó en sus sentimientos y lágrimas. Con   dared
esto pasó algunos días, donde un día, con mucha afabilidad,
le dijo el cauteloso marido cómo su hermano y él estaban
determinados y resueltos a irse a vivir con sus casas y familias
a Sevilla; lo uno, por quitarse de los ojos de los que habían
sabido aquella desdicha, que los 'señalaban° con el dedo, y lo   they pointed out
otro por asistir a sus pleitos, que habían quedado empantana-
dos.° A lo cual doña Inés dijo que en ello no había más gusto   unsettled
que el suyo. Puesta por obra la determinación propuesta, ven-
diendo cuantas posesiones y hacienda tenían allí, como quien
no pensaba volver más a la ciudad, se partieron todos con
mucho gusto, y doña Inés más contenta que todos, porque
vivía afrentada de un suceso tan escandaloso.

Llegados a Sevilla, tomaron casa a su cómodo, sin más
vecindad que ellos dos, y luego despidieron todos los criados
y criadas que habían traído, para hacer sin testigos la crueldad que ahora diré.

En un aposento, el último de toda la casa, donde, aunque
hubiese gente de servicio, ninguno tuviese modo ni ocasión

de entrar en él,[76] en el hueco° de una chimenea que allí había, o ellos la hicieron, porque para este caso no hubo más oficiales que el hermano, marido y cuñada, habiendo traído yeso° y cascotes,° y lo demás que era menester, pusieron a la pobre y desdichada doña Inés, no dejándole más lugar que cuanto pudiese estar en pie,[77] porque si se quería sentar, no podía, sino, como ordinariamente se dice, 'en cuclillas,° y la tabicaron,° dejando sólo una ventanilla como medio pliego° de papel, por donde respirase y le pudiesen dar una miserable comida, por que no muriese tan presto,[78] sin que sus lágrimas ni protestas 'los enterneciese.° Hecho esto, cerraron el aposento, y la llave la tenía la mala y cruel cuñada, y ella misma le iba a dar la comida y un jarro de agua, de manera que aunque después recibieron criados y criadas, ninguno sabía el secreto de aquel cerrado aposento.

Aquí estuvo doña Inés seis años, que permitió 'la divina Majestad° en tanto tormento conservarle la vida, o para castigo de los que se le daban, o para mérito suyo,[79] pasando lo que imaginar se puede, supuesto que he dicho de la manera que estaba, y que las inmundicias° y basura, que de su cuerpo echaba, le servían de cama y estrado para sus pies; siempre llorando y pidiendo a Dios la aliviase de tan penoso martirio, sin que en todos ellos viese luz, ni recostase su triste cuerpo, ajena y apartada de las gentes,[80] tiranizada a los divinos sacramentos y a oír misa,[81] padeciendo más que los que martirizan

a niche

plaster, rubble

to crouch
walled her in, sheet

didn't move them

heavenly father

excrement

---

76 **aunque hubiese...** *not even servants would ever have the occasion to go*

77 **cuanto pudiese...** *to stand upright*

78 **por que no...** *so she wouldn't die so quickly*

79 **o para castigo...** *perhaps because of her own merit or to punish the authors of her suffering*

80 **sin que...** *In all this time her eyes never saw the light nor did her weary body ever lie down*

81 The seven sacraments—Baptism, Confirmation, Holy Communion, Confession, Marriage, Holy Orders, and the Anointing of the Sick—are the life of the Catholic Church. The Sacrament of Confession is about reconciling the individual to God. It is a great source of grace, and Catholics are encouraged to take advantage of it often, even if they are not aware of having committed a mortal sin. Not being able to attend mass or receive the sacraments on a weekly basis places the soul of the believer in great jeopardy.

los tiranos, sin que ninguno de sus tres verdugos tuviese piedad de ella, ni se enterneciese de ella, antes la traidora cuñada, cada vez que la llevaba la comida, le decía mil oprobios° y   insults
afrentas, hasta que ya Nuestro Señor, cansado de sufrir tales
delitos, permitió que fuese sacada esta triste mujer de tan
desdichada vida, siquiera para que no muriese desesperada.

Y fue el caso que, a las espaldas de esta casa en que estaba,
había otra principal de un caballero de mucha calidad. La
mujer del que digo había tenido una doncella que la había
casado 'años había,° 'la cual enviudó,° y quedando necesitada,   years before, was wi
la señora, de caridad y por haberla servido, por que no tuvie-   owed
se en la pobreza que tenía que pagar casa,[82] le dio dos aposentos que estaban arrimados° al emparedamiento° en que la   close to, the wall
cuitada° doña Inés estaba, que nunca habían sido habitados   troubled
de gente, porque no habían servido sino de guardar cebada.°   barley
Pues pasada a ellos esta buena viuda, acomodó su cama a la
parte que digo, donde estaba doña Inés, la cual, como siempre estaba lamentando su desdicha y llamando a Dios que la
socorriese, la otra, que estaba en su cama, como en el sosiego°   still
de la noche todo estaba en quietud, oía los ayes° y suspiros,°   moans, lamentation
y al principio es de creer que entendió era alguna alma de la
otra vida. Y tuvo tanto miedo, como estaba sola, que apenas se
atrevía a estar allí; tanto, que la obligó a pedir a una hermana
suya le diese, para que estuviese con ella, una muchacha de
hasta diez años, hija suya, con cuya compañía más alentada°   heartened
asistía más allí, y como se reparase más, y viese que entre los
gemidos° que doña Inés daba, llamaba a Dios y a la Virgen   moans
María, Señora nuestra, juzgó sería alguna persona enferma,
que los dolores que padecía la obligaban a quejarse de aquella
forma. Y una noche que más atenta estuvo, arrimado al oído
a la pared, pudo apercibir que decía quien estaba de la otra
parte estas razones:

"¿Hasta cuándo, poderoso y misericordioso° Dios, ha de   compassionate
durar[83] esta triste vida? ¿Cuándo, Señor, darás lugar a la airada muerte que ejecute en mí el golpe de su cruel guada-

---

82 **por que no...** *in her poverty she couldn't afford rent*
83 **ha de...** how long must I endure this sad life?

ña, y hasta cuándo estos crueles y carniceros verdugos de mi inocencia les ha de durar el poder de tratarme así?[84]¿Cómo, Señor, permites que te usurpen tu justicia, castigando con su crueldad lo que tú, Señor, no castigarás? Pues cuando tú envías el castigo, es a quien tiene culpa y aun entonces es con piedad; mas estos tiranos castigan en mí lo que no hice, como lo sabes bien tú, que no fui parte en el yerro por que padezco tan crueles tormentos, y el mayor de todos, y que más siento, 'es carecer de° vivir y morir como cristiana, pues ha tanto $\quad$ to want to tiempo que no oigo misa, ni confieso mis pecados, ni recibo tu Santísimo Cuerpo.[85] ¿En qué 'tierra de moros° pudiera es- $\quad$ Moorish kingdom tar cautiva que me trataran como me tratan? ¡Ay de mí! que no deseo salir de aquí por vivir, sino sólo por morir católica y cristianamente,[86] que ya la vida la tengo tan aborrecida, que, si como el triste sustento que me dan, no es por vivir, sino por no morir desesperada."

Acabó estas razones con tan doloroso llanto, que la que escuchaba, movida a lástima, alzando° la voz, para que la oye- $\quad$ raising se, le dijo:

"Mujer, o quién eres ¿qué tienes o por qué te lamentas

---

84 **¿Cuándo, Señor...** *When, oh Lord, will you let angry death strike me the cruel blow? How long will those cruel and bloody executioners of my innocence enjoy the power to treat me like this?*

85 **Santísimo Cuerpo** The Sacred Body of Christ refers not only to the physical body of Christ, but also to two distinct though related things: the Church and reality of the transubstantiated bread of the Eucharist; in other words, the changing of the Host (bread) and wine into the Body and Blood of Christ. As quoted in the Bible, "He who eats my flesh and drinks my blood abides in me and I in him" (Jn 6:56).

86 In this context, "to die Catholic and Christian" means to experience extreme Unction or anointing, a rite that can be performed only by a fully-ordained Catholic Priest in which the dying receive an anointing with oil (on the forehead, for instance) and a blessing to resolve a true believer of all sins committed during life so that s/he may go to Heaven. The rite is accompanied by the following words: "Through this holy unction may the Lord pardon thee whatever sins or faults thou hast committed." This rite is according to the Bible, James 5:14-15: "Is any among you sick? Let him call for the elders of the church, and let them pray over him, anointing him with oil in the name of the Lord; and the prayer of faith will save the sick man, and the Lord will raise him up; and if he has committed sins, he will be forgiven."

tan dolorosamente? Dímelo, por Dios, y si soy parte para sacarte de donde estás, lo haré, aunque aventure y arriesgue la vida."

"¿Quién eres tú" respondió doña Inés, "que ha permitido Dios que me tengas lástima?"

"Soy" replicó la otra mujer "una vecina de esta otra parte, que ha poco vivo aquí, y en ese corto tiempo me 'has ocasionado° muchos temores; tantos cuantos ahora compasiones. Y así, dime qué podré hacer, y no me ocultes nada, que 'yo no excusaré° trabajo por sacarte del que padeces."

"Pues si así es, señora mía" respondió doña Inés, "que no eres de la parte de mis crueles verdugos, no te puedo decir más por ahora, porque temo que me escuchen, sino que soy una triste y desdichada mujer, a quien la crueldad de un hermano, un marido y una cuñada tienen puesta en tal desventura, que aun no tengo lugar de poder extender este triste cuerpo: tan estrecho es en el que estoy, que si no es en pie, o mal sentada, no hay otro descanso, sin otros dolores y desdichas que estoy padeciendo, pues, cuando no la hubiera mayor que la oscuridad en que estoy, bastaba, y esto no ha un día, ni dos,[87] porque aunque aquí no sé cuándo es de día ni de noche, ni domingo, ni sábado, ni pascua,° ni año, bien sé que ha una eternidad de tiempo. Y si esto lo padeciera con culpa, ya me consolara.[88] Mas sabe Dios que no la tengo, y lo que temo no es la muerte, que antes la deseo; perder el alma es mi mayor temor, porque muchas veces me da imaginación de con mis propias manos 'hacer cuerda° a mi garganta para acabarme;° mas luego considero que es el demonio, y pido ayuda a Dios para librarme de él.

"¿Qué hiciste que los obligó a tal?" dijo la mujer.

"Ya te he dicho" dijo doña Inés "que no tengo culpa; mas son cosas muy largas y no se pueden contar. Ahora lo que has de hacer, si deseas hacerme bien, es irte al Arzobispo° o al Asistente y contarle lo que te he dicho, y pedirles vengan a

have caused

I will not avoid the work

Easter

to make a rope, to k myself

Archbishop

---

87 **cuando no...** *The most horrible thing is the darkness in which I live. It hasn't been a short time, either*

88 **Y si esto...** *If I deserved to suffer this way, I would be able to console myself*

sacarme de aquí antes que muera, siquiera para que haga las 'obras de criſtiana;° que te aseguro que eſtá ya tal mi triſte cuerpo, que pienso que no viviré mucho, y pídote por Dios que sea luego,[89] que le importa mucho a mi alma. Christian duties

"Ahora es de noche" dijo la mujer; "ten paciencia y ofrécele a Dios eso que padeces, que yo te prometo que siendo de día yo haga lo que pides."

"'Dios te lo pague"° replicó doña Inés, "que así lo haré, y reposa ahora, que yo procuraré, si puedo, hacer lo mismo, con las esperanzas de que has de ser mi remedio." may god reward you!

"Después de Dios, créelo así" respondió la buena mujer.

Y con eſto, callaron. Venida la mañana, la viuda bajó a su señora y le contó todo lo que le había pasado, de que la señora se admiró y laſtimó, y si bien quisiera aguardar a la noche para hablar ella misma a doña Inés, temiendo el daño que podía recrecer si aquella pobre mujer se muriese así, no lo dilató más, antes mandó poner el coche. Y porque con su autoridad se diese más crédito al caso, se fue ella y la viuda al Arzobispo, dándole cuenta de todo lo que en eſta parte se ha dicho, el cual, admirado, avisó al Asiſtente,[90] y juntos con todos sus miniſtros, seglares° y eclesiáſticos, se fueron a la casa de don Francisco y don Alonso, y cercándola° por todas partes, porque no se escapasen, entraron dentro y prendieron° a los dichos y a la mujer de don Francisco, sin reservar criados ni criadas, y tornadas sus confesiones, éſtos no supieron decir nada, porque no lo sabían; mas los traidores hermano y marido y la cruel cuñada, al principio negaban; mas viendo que era por demás, porque el Arzobispo y Asiſtente venían bien inſtruidos,° confesaron la verdad. Dando la cuñada la llave, subieron donde eſtaba la desdichada doña Inés, que como sintió tropel° de gente, imaginando lo que sería, dio voces. En fin, 'derribando el tabique,° la sacaron. secular
surrounding the house
they caught

well-informed

troop
tearing down the wall

Aquí entra ahora la piedad, porque, cuando la encerraron allí, no tenía más de veinte y cuatro años y seis que había eſtado eran treinta, que era 'la flor de su edad.° the flower of her youth

---

89 **Y pídote...** *I beg you, for God's sake, to do this right away*
90 In Seville, they used the title of Asiſtente for Mayor (el Corregidor).

En primer lugar, aunque tenía los ojos claros, estaba ciega, o de la oscuridad (porque es cosa asentada° que si una persona estuviese mucho tiempo sin ver luz, cegaría), o fuese de esto, u de llorar, ella no tenía vista. Sus hermosos cabellos,° que cuando entró allí eran como 'hebras de oro,° blancos como la misma nieve, enredados° y llenos de animalejos,° que de no peinarlos se crían° en tanta cantidad, que por encima hervoreaban;° el color, de la color de la muerte; tan flaca y consumida, que se le señalaban los huesos, como si el pellejo° que estaba encima fuera un delgado cendal;° desde los ojos hasta la barba, dos 'surcos cavados° de las lágrimas, que se le escondía en ellos 'un bramante grueso;° los vestidos 'hechos ceniza,° que se le veían las más partes de su cuerpo; descalza de pie y pierna, que de los excrementos de su cuerpo, como no tenía dónde echarlos, no sólo se habían consumido, mas la propia carne comida hasta los muslos° de llagas° y gusanos,° de que estaba lleno el hediondo lugar. No hay más que decir, sino que causó a todos tanta lástima, que lloraban como si fuera hija de cada uno.

Así como la sacaron, pidió que si estaba allí el señor Arzobispo, la llevasen a él, como fue hecho, habiéndola, por la indecencia que estar desnuda causaba, cubiértola° con una capa.° En fin, en brazos la llevaron junto a él, y ella echada° por el suelo,° le besó los pies, y pidió la bendición, contando en sucintas razones toda su desdichada historia, de que se indignó tanto el Asistente, que al punto los mandó a todos tres poner en la cárcel 'con grillos° y cadenas, de suerte que no se viesen los unos a los otros, afeando° a la cuñada más que a los otros la crueldad, a lo que ella respondió que hacía lo que la mandaba su marido.

La señora que dio el aviso, junto con la buena dueña que lo descubrió, que estaban presentes a todo, rompiendo la pared por la parte que estaba doña Inés, por no pasarla por la calle, la llevaron a su casa, y haciendo la noble señora prevenir una regalada° cama, puso a Inés en ella, llamando médicos y cirujanos° para curarla, haciéndole tomar sustancias, porque era tanta su flaqueza, que temían no se muriese. Mas doña Inés no quiso tomar cosa hasta dar 'la divina sustancia° a su

---

given

hair, threads of gold
tangled, lice
they bred
teeming with lice
skin
shroud
deep furrows
thick twine
disintegrated

thighs, wounds, wor

= la había cubierto
cloak, lying
floor

manacled
condemning

lavish
surgeons

eucharist

alma, confesando y recibiendo el Santísimo,[91] que le fue luego traído.

Últimamente, con tanto cuidado miró la señora por ella,
que sanó;° sólo de la vista, que ésa no fue posible restau-
rársela.° El Asistente sustanció° el proceso de los reos,° y
averiguado todo, los condenó a todos tres a muerte, que fue
ejecutada en un cadalso,° por ser nobles y caballeros, sin que
les valiesen sus dineros para alcanzar perdón, por ser el delito
de tal calidad.[92] A doña Inés pusieron, ya sana y restituida a
su hermosura, aunque ciega, en un convento con dos criadas
que cuidan de su regalo,° sustentándose de la gruesa hacienda
de su hermano y marido, donde hoy vive haciendo vida de
una santa, afirmándome quien la vio cuando la sacaron de la
pared, y después, que es de las más hermosas mujeres que hay
en el reino del Andalucía; porque, aunque está ciega, como
tiene 'los ojos claros° y hermosos como ella los tenía, no se le
echa de ver[93] que no tiene vista.

Todo este caso es tan verdadero como la misma verdad,
que ya digo me le contó quien se halló presente. Ved ahora
si puede servir de buen desengaño a las damas, pues si a las
inocentes 'les sucede° esto, ¿qué esperan las culpadas? Pues
en cuanto a la crueldad para con las desdichadas mujeres, no
hay que 'fiar en° hermanos ni maridos, que todos son hombres. Y como dijo el rey don Alonso el Sabio, que el corazón
del hombre es bosque de espesura,[94] que nadie le puede hallar
senda,° donde la crueldad, 'bestia fiera e indomable,° tiene su
morada° y habitación.

Este suceso habrá que pasó veinte años, y vive hoy doña
Inés, y muchos de los que le vieron y se hallaron en él; que

Marginal glosses: she recovered, to · recuperate it, pressed, · culprits · gallows · comfort · blue eyes · happens to them · to trust · pathway, wild and un-tamed beast; dwelling

---

91 Receiving the Eucharist or Holy Communion is one of the blessed
sacraments. No other sustenance can be consumed prior to receiving the Eucharist. Catholics may receive Holy Communion outside of Mass, but the
Eucharist is normally given only as the host. The consecrated hosts are kept in
a tabernacle after the celebration of the Mass and brought to the sick or dying
during the week.

92 **Sin que...** *The crime was so heinous that not even their wealth could
buy them pardon*

93 **No se...** *It isn't noticeable*

94 **Que el corazón ...** *That man's heart is an impenetrable forest*

quiso Dios darla sufrimiento y guardarle la vida, porque no
muriese allí desesperada, y para que tan 'rabioso lobo° como   rabid wolf
su hermano, y tan cruel basilisco como su marido, y tan rigurosa leona como su cuñada, ocasionasen ellos mismos su
⁵ castigo.

Deseando estaban las damas y caballeros que la discreta
Laura diese fin a su desengaño; tan lastimados y enterneci-
dos los tenían los prodigiosos sucesos de la hermosa cuanto
¹⁰ desdichada doña Inés, que todos, de oírlos, derramaban° ríos   they cried
de lágrimas de sólo oírlos; y no ponderaban tanto la crueldad
del marido como del hermano, pues parecía que no era sangre suya quien tal había permitido; pues cuando doña Inés,
de malicia, hubiera cometido el yerro que les obligó a tal cas-
¹⁵ tigo, no merecía más que una muerte breve, como se han
dado a otras que 'han pecado° de malicia, y no darle tantas   have sinned
y tan dilatadas como le dieron. Y a la que más culpaban era
a la cuñada, pues ella, como mujer, pudiera ser más piadosa,
estando cierta, como se averiguó, que privada de sentido con
²⁰ el endemoniado° encanto había caído en tal yerro. Y la pri-   devilish
mera que rompió el silencio fue doña Estefanía, que dando
un lastimoso suspiro, dijo:
    "¡Ay, divino Esposo mío⁹⁵! Y si vos, todas las veces que os
ofendemos, nos castigarais así, ¿qué fuera de nosotros? Mas
²⁵ soy necia en hacer comparación de vos, piadoso Dios, a los
esposos del mundo. Jamás me arrepentí cuanto ha que 'me
consagré° a vos de ser esposa vuestra; y hoy menos lo hago   consecrated myself
ni lo haré, pues aunque os agraviase, que a la más mínima
lágrima me habéis de perdonar y recibirme con los brazos
³⁰ abiertos."
    Y vuelta a las damas, les dijo:
    "Cierto señoras, que no sé cómo tenéis ánimo° para en-   spirit
tregaros con nombre de marido a un enemigo, que no sólo
se ofende de las obras, sino de los pensamientos; que ni con
el bien ni el mal acertáis° a darles gusto, y si acaso° sois com-   to guess, in fact

---

95 The woman speaking, Estefanía, is a nun. Therefore, she refers to
God as her Divine Husband.

prendidas en algún delito contra ellos. ¿por qué os fiáis y confiáis de sus 'disimuladas maldades,° que haſta que consiguen su venganza, y es lo seguro, no sosiegan? Con sólo eſte desengaño que ha dicho Laura, mi tía, podéis quedar bien desengañadas, y concluida la opinión que se suſtenta en eſte sarao, y los caballeros podrán también conocer cuán° engañados andan en dar toda la culpa a las mujeres, acumulándolas todos los delitos, flaquezas,° crueldades y malos tratos,° pues no siempre tienen la culpa. Y es el caso que por la mayor parte las de más aventajada° calidad son las más desgraciadas y desvalidas, no sólo en sucederles las desdichas que en los desengaños referidos hemos viſto, sino que también las comprenden en la opinión en que tienen a 'las vulgares.° Y es género de pasión o tema de los divinos entendimientos que escriben libros y componen comedias, alcanzándolo todo en seguir la opinión del vulgacho,[96] que en común da la culpa de todos los malos sucesos a las mujeres; pues hay tanto en qué culpar a los hombres, y escribiendo de unos y de otros, hubieran excusado a eſtas damas el trabajo que han tomado por volver por el honor de las mujeres y defenderlas, viendo que no hay quien las defienda, a desentrañar° los casos más ocultos para probar que no son todas las mujeres las malas, ni todos los hombres los buenos.

"Lo cierto es" replicó don Juan "que verdaderamente parece que todos hemos dado en el vicio° de no decir bien de las mujeres, como en el tomar tabaco, que ya tanto le gaſta el iluſtre° como el plebeyo.° Y diciendo mal de los otros que le toman, traen su tabaquera° más a mano y 'en más cuſtodia° que el rosario y las horas,° como si porque ande en cajas de oro, plata o criſtal dejase de ser tabaco,[97] y si preguntan por qué lo toman, dicen que porque se usa.[98] Lo mismo es el culpar a las damas en todo, que llegado a ponderar pregunten al más apasionado por qué dice mal de las mujeres, siendo el

concealed evil

how

weakness, bad treatment

highest

ordinary women

to get to the bottom of

vice

noble man, commoner

tobacco pouch, clutch

more tightly; prayer book

---

96 **Alcanzándolo todo...** *To follow the popular misconception of the common people*

97 **Como si...** *It's as if because it's a gilded box or a silver one or a cryſtal one, it ceases to be tobacco (i.e. a vice)*

98 **Porque se usa...** *Because it's in fashion*

más 'deleitable vergel° de cuantos crió la naturaleza, respon-   delightful flower ga
derá, porque se usa."   den

Todos rieron la comparación del tabaco al decir mal de
las mujeres, que había hecho don Juan. Y si se mira bien, dijo
bien, porque si el vicio del tabaco es el más civil de cuantos
hay, bien le comparó al vicio más abominable que puede haber, que es no estimar, alabar y honrar a las damas; a las buenas, por buenas, y a las malas, por las buenas. Pues viendo la
hermosa doña Isabel que la linda Matilde 'se prevenía° para   was preparing
pasarse al asiento del desengaño, 'hizo señal° a los músicos   signaled
que cantaron este romance:

"Cuando te mirare,° Atandra,   = mire
No mires, ingrato dueño,
los engaños de sus ojos,
porque me matas con celos.

'No esfuerces° sus libertades,   don't push
que si ve en tus ojos ceño,°   reproach
tendrá los livianos° suyos   fickleness
en los tuyos escarmiento.°   punishment

No desdores° tu valor   demean
con tan civil pensamiento
que serás causa que yo
me arrepienta de mi
empleo.

Dueño tiene, en él se goce,
si no le salió a contento,
reparara el elegirle,
o su locura o su acierto.[99]

Oblíguete a no admitir
sus livianos devaneos

---

99 **Dueño tiene ...** *She has a lover, let her enjoy him, and if he doesn't please her, she should have noticed whether she was right or wrong when she picked him.*

las lágrimas de mis
ojos,
de mi alma los
tormentos.

Que si procuro sufrir
las congojas° que   sorrows
padezco,
si es posible a mi valor,
no lo es a mi sufrimiento.

¿De qué me sirven,
Salicio,
los cuidados con que
velo°   I wake
sin sueño las largas
noches,
y los días sin sosiego,
si tú gustas de matarme,
dando a esa tirana el premio,
que me cuesta tantas penas,
que me cuesta tanto
sueño?

Hoy, al salir de tu albergue,°   shelter
mostró con rostro
risueño,°   smiling
tirana de mis favores,
cuánto se alegra en tenerlos.

Si miraras que son míos,
no se los dieras tan presto
cometiste estelionato,
porque vendiste lo
ajeno.

Si te viera desabrido,°   ill-tempered
si te mirar severo,

no te ofreciera, atrevida,
señas° de que yo te   evidence
ofendo."

Esto cantó una casada
a solas con su
instrumento,
viendo en Salicio y
Atandra
averiguados° los celos.   proof

Estragos que causa el vicio

Y A CUANDO DOÑA ISABEL acabó de cantar, estaba la
divina Lisis sentada en el asiento del desengaño, habiéndola honrado todos cuantos había en la sala, damas y caballeros, como a presidente del sarao, 'con ponerse
en pie,° haciéndola cortés reverencia, hasta que se sentó. Y   rising to their feet
todo lo merecía su hermosura, su entendimiento y su valor.
Y habiéndose vuelto todos a sentar, con gracia nunca vista,
empezó de esta suerte:

"Estaréis, hermosas damas y discretos caballeros, aguardando a oír mi desengaño, con más cuidado que los demás,
o por esperarle 'mejor sazonado,° más gustoso, con razones   spicier
más bien dispuestas.[1] Y habrá más de dos que dirán entre sí:
'¿Cuándo ha de desengañar la bien entendida, o la bachille-
ra,° que de todo habrá, la que quiere defender a las mujeres, la   the learned woman
que pretende enmendar° a los hombres, y la que pretende que   to change
no sea el mundo el que siempre ha sido?' Porque los vicios
nunca 'se envejecen,° siempre son mozos. Y en los mozos, de   grow old
ordinario, hay vicios. Los hombres son los que se envejecen
en ellos. Y una cosa a que se hace hábito, jamás se olvida. Y
yo, como no traigo propósito de canonizarme por bien en-
tendida, sino por buena desengañadora,° es lo cierto que, ni   disenchantress
en lo hablado, ni en lo que hablaré, he buscado razones retó-
ricas, ni cultas;° porque, de más de ser un lenguaje° que con   sophisticated, vocabu-
el extremo posible aborrezco, querría que me entendiesen   lary
todos, el culto y el lego;° porque como todos están ya decla-   ordinary
rados por enemigos de las mujeres, contra todos he publicado
la guerra."

"Y así, he procurado hablar en el idioma que mi natural°   nature
me enseña y deprendí° de mis padres; que lo demás es una   learned
sofistería en que han dado los escritores por diferenciarse de
los demás; y dicen a veces cosas que ellos mismos no las en-
tienden; ¿cómo las entenderán los demás? si no es diciendo

---

1 **Con razones...** *With better arguments*

cómo; algunas veces me ha sucedido a mí, que, cansando el sentido por saber qué quiere decir y no sacando fruto de mi fatiga, digo: 'Muy bueno debe de ser, pues yo no lo entiendo.'"

"Así, noble auditorio, yo me he puesto aquí a desengañar a las damas y a persuadir a los caballeros para que no las engañen. Y ya que esto sea, por ser ancianos en este vicio, pues ellos son los maestros de los engaños y han sacado en las que los militan buena disciplina, no digan mal de la ciencia que ellos enseñan. De manera que, aquí me he puesto a hablar sin engaño, y yo misma he de ser el mayor desengaño, porque sería morir del engaño y no vivir del aviso, si desengañando a todas, me dejase yo engañar."

"¡Ánimo,° hermosas damas, que hemos de salir vencedoras!° ¡Paciencia, discretos caballeros, que habéis de quedar vencidos y habéis de juzgar a favor que las damas os venzan! Éste es desafío° de una a todos; y de cortesía, por lo menos, me habéis de dar la victoria, pues tal vencimiento es quedar más vencedores. Claro está que siendo, como sois, nobles y discretos, por mi deseo, que es bueno, habéis de alabar mi trabajo; aunque sea malo, no embota los filos de vuestro entendimiento este parto del pobre y humilde mío[2]. Y así, pues no os quito y os doy, ¿qué razón habrá para que entre las grandes riquezas de vuestros heroicos discursos no halle lugar mi pobre jornalejo?° Y supuesto que, aunque moneda inferior, es moneda y vale algo, por humilde, no la habéis de pisar;° luego si merece tener lugar entre vuestro 'grueso caudal,° ya os vencéis y me hacéis vencedora."

"Veis aquí, hermosas damas, cómo quedando yo con la victoria de este desafío, le habéis de gozar todas, pues por todas peleo. ¡Oh, quién tuviera el entendimiento como el deseo, para saber defender a las hembras y agradar a los varones![3] Y que ya que os diera el pesar de venceros, fuera con tanta erudición y gala, que le tuviérades por placer, y que, obligados de

courage!

winners

challenge

labor

to step on

immense riches

---

2 **Aunque sea...** *Even if it's bad, this child of my poor, humble mind will not dull the edges of your mind*

3 **¡Oh, quién...** *Oh how I wish I had the intelligence as I have the desire to be able to defend women and please men as well!*

la cortesía, vosotros mismos os rindiérades más.[4] Si es cierto que todos los poetas tienen parte de divinidad, quisiera que la mía fuera tan del empíreo,[5] que os obligara sin enojaros, porque hay pesares tan bien dichos, que ellos mismos se diligencian° el perdón." they elicit

"De todas estas damas habéis llevado la represión° temiendo, porque aún no pienso que están bien desengañadas de vuestros engaños, y de mí la llevaréis triunfando, porque pienso que no os habré menester sino para decir bien o mal de este sarao, y en eso hay poco perdido, si no le vale, como he dicho, vuestra cortesía; que si fuera malo, no ha de perder el que le sacare° a luz, pues le comprarán siquiera para decir mal de él, y si bueno, él mismo se hará lugar y se dará el valor.[6] Si se tuvieren° por bachillerías, no me negaréis que no van bien trabajadas y más, no habiéndome ayudado del arte,[7] que es más de estimar, sino de este natural° que me dio el Cielo. Y os advierto que escribo sin temor, porque como jamás me han parecido mal las obras ajenas, de cortesía se me debe que parezcan bien las mías, y no sólo de cortesía, mas de obligación. Doblemos aquí la hoja, y vaya de desengaño, que al fin se canta la gloria, y voy segura de que me habéis de cantar la gala."° praise

reproof
= saque
= tienen
talent

Estando la católica y real majestad de Felipe III, el año de mil seiscientos diez y nueve, en la ciudad de Lisboa, en el reino de Portugal, sucedió que un caballero, gentilhombre de su 'real cámara,° a quien llamaremos don Gaspar, o que fuese así su nombre, o que lo sea supuesto, que así lo oí, o a él mismo, o a personas que le conocieron, que en esto de los royal chambers

---

4 **Y que ya...** *Even if I should pain you by vanquishing, it will be with such elegance and erudition that you will relish it, and obliged by courtesy, you yourselves will surrender all the more.*

5 **The Empyrean** was used in Christian literature, notably the *Divine Comedy*, for the dwelling-place of God and the blessed, and as the source of light.

6 **Que si...** *Even if it is bad, they will buy it from the one who brings it to light, if only to speak ill of it. If it is good, it will speak for itself and stand on its own merit.*

7 **Si se tuvieren...** *If you take them as nonsense, still you can't deny that they are well written, especially considering that I'm unaided by art*

nombres pocas veces se dice el mismo,[8] que fue esta jornada
acompañando a Su Majestad, galán, noble, rico y con todas
las partes que se pueden desear, y más en un caballero: que
como la mocedad trae consigo los accidentes de amor, mientras dura su flor no tratan los hombres de otros ministerios, y
más cuando van a otras tierras extrañas de las suyas, que por
ver si las damas de ellas se adelantan° 'en gracias° a las de sus   excel, in charms
tierras, luego tratan de calificarlas con hacer empleo de su
gusto en alguna que los saque de esta duda.[9]

Así, don Gaspar, que parece que iba sólo a esto, a muy
pocos días que estuvo en Lisboa, 'hizo elección° de una dama,   made a choice
si no de lo más acendrado° en calidad, por lo menos de lo   refined
más lindo que para sazonar el gusto pudo hallar. Y ésta fue
la menor de cuatro hermanas, que, aunque con recato (por
ser en esto las portuguesas muy miradas),[10] trataban de entretenerse y aprovecharse;° que ya que las personas no sean   to enjoy each other
castas, es gran virtud ser cautas, que en lo que más pierden
las de nuestra nación, tanto hombres como mujeres, es en la
ostentación° que hacen de los vicios. Y es el mal que apenas   display
hace una mujer un yerro, cuando ya se sabe, y muchas que no
lo hacen y se le acumulan. Estas cuatro hermanas, que digo,
vivían en un cuarto tercero de una casa muy principal y que
los demás de ella estaban ocupados de 'buena gente,° y ellas   worthy people
no en muy mala opinión;[11] tanto, que para que don Gaspar
no se la quitase, no la visitaba de día, y para entrar de noche
tenía llave de un postigo° de una puerta trasera;° de forma   smaller door, back d
que, aguardando a que la gente se recogiese° y las puertas se   retired
cerrasen, que de día estaban entrambas abiertas,° por man-   left open
darse los vecinos por la una y la otra, abría con su llave y en-
traba a ver su prenda,° sin nota de escándalo de la vecindad.   jewel (reference to l
    lover)

<hr>

8 **A quien**... *Whom we shall call don Gaspar. Whether that was his real
name or not, that's the way I heard it, either from him or from others who knew
him well. In this matter of names, people seldom use a person's real name.*

9 **Con hacer**... *By courting one [a lady] who might clear up the
confusion*

10 **Con recato**... *discreetly (Portuguese women are very careful about
this)*

11 **Y ellas**... *They didn't have a bad reputation*

Poco más de quince días había gastado don Gaspar en
este empleo, si no enamorado, a lo menos agradado° de la be-   delighted
lleza de su lusitana dama, cuando una noche, que por haber
estado jugando fue algo más tarde que las demás, le sucedió
un portentoso° caso, que parece que fue anuncio de los que   strange
en aquella ciudad le sucedieron, y fue que, habiendo despedido un criado que siempre le acompañaba, por ser de quien
fiaba entre todos los que le asistían 'las travesuras de sus   amorous adventures
amores,° abrió la puerta, y parándose a cerrarla° por de den-   to lock it
tro, como hacía otras veces, en una cueva,¹² que en el mismo
portal estaba, no trampa° en el suelo, sino puerta levantada   trap door
en arco, de 'unas vergas menudas,° que siempre estaban sin   mesh wire
llave, por ser para toda la vecindad que de aquel 'cabo de° la   side of
casa moraban,° oyó unos oyes dentro, tan bajos y lastimosos,   living
que no dejó de causarle, por primera instancia, algún horror,
si bien, ya más en sí, juzgó sería algún pobre que, por no tener
donde albergarse° aquella noche, se habría entrado allí, y que   to stay
se lamentaba de algún dolor que padecía. Acabó de cerrar la
puerta, y subiendo arriba (por satisfacerse de su pensamiento,
antes de hablar palabra en razón de su amor), pidió una luz,
y con ella tornó a la cueva, y con ánimo, como al fin quien
era, bajó los escalones, que no eran muchos, y entrando en
ella,° vio que no era muy espaciosa, porque desde el fin de   = the cave
los escalones se podía bien señorear° lo que había en ella,   to see
que no era más de las paredes. Y espantado de verla desierta
y que no estaba en ella el dueño de los penosos gemidos que
había oído, mirando por todas partes, como si hubiera de
estar escondido en algún agujero,° había a una parte de ella   a nook
mullida° la tierra, como que había poco tiempo que la habían   softened
cavado.° Y habiendo visto de la mitad del techo colgado° un   had dug, hung
garabato,° que debía de servir de colgar en él lo que° se ponía   hook, = ice
a 'remediar del calor,° y tirando de él, le arrancó,° y empezó a   a remedy for the heat,
arañar° la tierra, para ver si acaso descubriría alguna cosa. Y a   pulled; to scratch
poco trabajo que puso, por estar la tierra muy movediza,° vio   loose
que uno de los hierros del garabato 'había hecho presa° y se   caught something
resistía de tornar a salir; puso más fuerza, y levantado hacia

---

12 **En una cueva**... *In the entry way, there was a storage cellar.*

arriba, asomó° la cara de un hombre, por haberse clavado el   appeared
hierro por debajo de la barba, no porque estuviese apartada
del cuerpo; que, a estarlo, la sacara de todo punto.[13]
    No hay duda sino que tuvo necesidad don Gaspar de todo
su valor para sosegar el susto y tornar° la sangre a su propio   to return
lugar, que había ido a dar favor al corazón, que, desalentado
del horror de tal vista, se había enflaquecido.[14] Soltó° la presa, he let loose
que 'se tornó a sumir° en la tierra, y allegando° con los pies la   fell back, collecting
que había apartado, se tornó a subir arriba, 'dando cuenta° a   making known
las damas de lo que pasaba, que, cuidadosas de su tardanza,
le esperaban, de que no se mostraron poco temerosas; tanto
que, aunque don Gaspar quisiera irse luego, no se atrevió,
viendo su miedo, a dejarlas solas; mas no porque pudieron
acabar con él que se acostase, como otras veces, no de temor
del muerto, sino de empacho° y respeto, de que, cuando 'nos   shame
alumbran° de nuestras ceguedades los sucesos ajenos, y más   reveal to us
tan desastrados, demasiada desvergüenza es no atemorizarse
de ellos, y de respeto del Cielo, pues a la vista de los muertos
no es razón pecar los vivos.[15] Finalmente, la noche la pasaron
en buena conversación, dando y tomando sobre el caso, y pidiéndole las damas modo y remedio para sacar de allí aquel
cuerpo, que se lamentaba como si tuviera alma.
    Era don Gaspar noble, y temiendo 'no les sucediese° a   lest they suffer
aquellas mujeres algún riesgo, obligado de la amistad que te-
nía con ellas, a la mañana, cuando se quiso ir, que fue luego
que el aurora empezó a mostrar su belleza, les prometió que,
a la noche, daría orden de que se sacase de allí y se le diese
'tierra sagrada,° que eso debía de pedir con sus lastimosos   holy ground
gemidos. Y como lo dispuso, fue al convento más cercano, y
hablando con el mayor de todos los religiosos, en confesión
le contó cuanto le había sucedido, que acreditó con saber el

---

    13 **Por haberse...** *The hook had caught him under the chin. The head was
not severed from the body; if it had been, it would have pulled free*
    14 **Que había...** *All the blood had rushed to his heart and his courage had
flagged at the horrible sight*
    15 **Demasiada desvergüenza...** *It is too shameful not to take heed, and
out of respect for Heaven's will, in the presence of the dead it isn't right for the
living to sin*

religioso quién era, porque la nobleza trae consigo el crédito. Y aquella misma noche del siguiente día fueron con don
Gaspar dos religiosos, y traída luz, que la mayor de las cuatro hermanas trujo° por ver el difunto, a poco que cavaron, °= trajo
pues apenas sería vara y media, descubrieron el triste cadáver,
que sacado fuera, vieron que era un mozo que no llegaba a
veinte y cuatro años, vestido de terciopelo° negro, 'ferreruelo °velvet
de bayeta,° porque nada le faltaba del arreo,[16] que hasta el a flannel cape
sombrero tenía allí, su daga y espada, y en las faltriqueras,° en pockets
la una un lienzo,° unas Horas[17] y el rosario, y en la otra unos handkerchief
papeles, entre los cuales estaba la bula.[18] Mas por los papeles
no pudieron saber quién fuese, por ser letra de mujer y no
contener otra cosa más de finezas amorosas, y la bula aún
'no tenía asentado el nombre,° por parecer tomada de aquel didn't have the name
día, o por descuido, que es lo más cierto. No tenía herida inserted
ninguna, ni parecía en el sujeto estar muerto de más de doce
o quince días. Admirados de todo esto, y más de oír decir a
don Gaspar que le había oído quejar, le entraron en una saca° sack
que para esto llevaba el criado de don Gaspar, y habiéndose
la dama vuelto a subir arriba, 'se le cargó° al hombro uno de hoisted it
'los padres, que era lego,° y caminaron con él al convento, ha- lay brothers
ciéndoles guardia don Gaspar y su confidente, donde le en-
terraron,° quitándole el vestido y lo demás, en una sepultura° they buried him, grave
que ya para el caso estaba abierta, supliendo don Gaspar este
trabajo de los religiosos con alguna cantidad de doblones[19]

---

16 **Porque nada...** *No part of his dress was missing*

17 **Las Horas** The Book of Hours is a type of medieval illuminated
manuscript that contains a collection of text, prayers, and psalms as a type of
reference for Catholic worship and devotion. It was designed for lay people
who wanted to incorporate religious monasticism into everyday life. Given
the cost of the Book of Hours, many saw it as a status symbol for the rich.

18 **La bula** A papal bull, issued by the Pope or his offices, is an official
document of extreme importance for society and the Church. Papal bulls can
cover a wide range of situations, from excommunications to canonizations of
Catholic saints.

19 **Doblón**, meaning *double*, a double-sided token coin, often refers to
a seven-gram gold coin minted in Sain, Mexico, Peru or or Nueva Granada.
Throughout the 16th and 17th centuries, gold doubloons played a pivotal role
in the Spanish economy and were a major part of its colonial activities.

para que se dijesen misas por 'el difunto,° a quien había dado ┄ the deceased
Dios lugar de quejarse, para que la piedad de este caballero le
hiciese este bien.

Bastó este suceso para apartar a don Gaspar de esta ocasión en que se había ocupado;[20] no porque imaginase que
tuviesen las hermanas la culpa, sino porque juzgó que era avi-
so° de Dios para que se apartase de casa donde tales riesgos ┄ warning
había, y así no volvió más a ver a las hermanas, aunque ellas
lo procuraron° diciendo° se mudarían de la casa. Y asimismo ┄ they tried, = **dicien**
atemorizado de este suceso, pasó algunos días resistiéndose ┄ *que*
a los impulsos de la juventud, sin querer emplearse en lances
amorosos, donde tales peligros hay, y más con mujeres que
tienen por renta el vicio y por caudal el deleite,[21] que de éstas
no se puede sacar sino el motivo que han tomado los hombres para no decir bien de ninguna y sentir mal de todas; mas
al fin, como la mocedad es caballo desenfrenado,° rompió las ┄ unbridled
ataduras° de la virtud, sin que fuese en mano de don Gaspar ┄ reins
dejar de perderse, si así se puede decir; pues a mi parecer,
¿qué mayor perdición que enamorarse?

Y fue el caso, que, en uno de los suntuosos templos que
hay en aquella ciudad, un día que con más devoción y descuido de amar y ser amado estaba, vio la divina belleza de dos
damas de las más nobles y ricas de la ciudad, que entraron a
oír misa en el mismo templo donde don Gaspar estaba, tan
hermosas y niñas, que a su parecer no se llevaban un año la
una a la otra. Y si bien había caudal de hermosura en las dos
para amarlas a entrambas, como el amor no quiere compañía,
escogieron los ojos de nuestro caballero la que le pareció de
más perfección, y no escogió mal, porque la otra era casada. Estuvo absorto, despeñándose° más y más en su amor ┄ plunging
mientras oyeron misa, que, acababa, viendo se querían ir, las
aguardó a la puerta; mas no se atrevió a decirlas nada, por
verlas cercadas de criados, y porque en un coche que llegó a
recibirlas venía un caballero portugués, galán y mozo, aunque

---

20 **Bastó este suceso...** *This event was enough reason for don Gaspar to
get out of the entanglement he found himself in*
21 **Tienen por renta...** *Whose income is vice and whose wealth is
pleasure*

robuſto, y que parecía en él no ser hombre de burlas.[22] La una de las damas se sentó al lado del caballero, y la que don Gaspar había elegido por dueño, a la otra parte, de que no se alegró poco en verla sola. Y deseoso de saber quién era, detuvo un paje, a quien le preguntó lo que deseaba, y le respondió que el caballero era don Dionís de Portugal y la dama que iba a su lado, su esposa, y que se llamaba doña Magdalena, que había poco que se habían casado; que la que se había sentado enfrente se llamaba doña Florentina y que era hermana de doña Magdalena.

Despidióse con eſto el paje, y don Gaspar, muy contento de que fuesen personas de tanto valor, ya determinado de amar y servir a doña Florentina, y de diligenciarla para esposa (con tal rigor hace amor sus tiros, cuando quiere herir de veras),[23] mandó a su fiel criado y secretario, que siguiese el coche para saber la casa de las dos bellísimas hermanas. Mientras el criado fue a cumplir, o con su guſto, o con la fuerza que en su pecho hacía 'la dorada saeta° con que amor le había herido dulcemente (que eſte tirano enemigo de nueſtro sosiego tiene unos repentinos accidentes, que si no matan, 'privan de juicio° a los heridos de su dorado arpón) eſtaba don Gaspar 'entre sí haciendo muchos discursos.° Ya le parecía que no hallaba en sí méritos para ser admitido de doña Florentina, y 'con eſto desmayaba su amor,° de suerte que se determinaba a dejarse morir en su silencio; y ya más animado, haciendo en él la esperanza las suertes que con sus engañosos guſtos promete,[24] le parecía que apenas la pediría por esposa, cuando 'le fuese concedida,° sabiendo quién era y cuán eſtimado vivía cerca de su rey.

Y como eſte pensamiento le diese más guſto que los demás, se determinó a seguirle, enlazándose° más en el amoroso enredo, con verse tan valido de la más que mentirosa esperanza, que, siempre promete más que da; y somos tan bárba-

the gold dart

deprive him of reason

talking to himself

made his heart sink

she was granted to him

entangling himself

---

22 **Que parecía**... *Who looked like the type of man you wouldn't fool with*

23 **Con tal rigor**... *This is how fiercely Cupid shoots his arrow when he really wants to wound*

24 **Y ya más**... *Hope would promise him illusory delights*

ros,° que, conociéndola,° vivimos de ella. En estas quimeras°
estaba, cuando llegó su confidente y le informó del cielo donde moraba la deidad que le 'tenía fuera de sí,° y desde aquel
mismo punto empezó a perder tiempo y 'gastar pasos tan sin
fruto,° porque aunque continuó muchos días la calle, era tal
el recato de la casa, que en ninguno alcanzó a ver, no sólo a
las señoras, mas ni criada ninguna, con haber muchas, ni por
buscar las horas más dificultosas, ni más fáciles.

La casa era encantada;° en las rejas había menudas y es-
pesas celosías,²⁵ y en las puertas fuertes y seguras cerraduras,
y apenas era una hora de noche, cuando ya estaban cerradas
y todos recogidos, de manera que si no era cuando salían a
misa, no era posible verlas, y aun entonces pocas veces iban
sino° acompañadas de don Dionís, con que todos los intentos de don Gaspar 'se desvanecían.° Sólo con los ojos, en la
iglesia, le daba a entender su cuidado a su dama; mas ella 'no
hacía caso,° o no miraba en ellos.

No dejó en este tiempo de ver si, por medio de algún
criado, podía conseguir algo de su pretensión, procurando
con oro asestar tiros a su fidelidad;²⁶ mas, como era castellano,° no halló en ellos lo que deseaba, por la poca simpatía que
esta nación tiene con la nuestra, que, con vivir entre nosotros,
son nuestros enemigos.

Con estos estorbos° se enamoraba más don Gaspar, y
más el día que veía a Florentina, que no parecía sino que los
rayos de sus ojos 'hacían mayores suertes° en su corazón, y le
parecía que quien mereciese su belleza, habría llegado al «*non
plus ultra*» de la dicha, y que podría vivir seguro de 'celosas
ofensas.° Andaba tan triste, no sabiendo qué hacerse, ni qué
medios poner con su cuñado para que se la diese por esposa,
temiendo la oposición que hay entre portugueses y castellanos.

Poco miraba Florentina en don Gaspar, aunque había
bien que mirar en él,²⁷ porque aunque, como he dicho, en la
iglesia podía haber notado su asistencia, le debía de parecer

---

25 **En las rejas**... *The window lattice was covered by heavy shutters*
26 **Procurando con**... *Trying to break down fidelity with bribes*
27 **Aunque había**... *Even though there was much to notice about him*

que era deuda debida a su hermosura; que pagar el que debe, no merece agradecimiento.[28] Más de dos meses duró a don Gaspar esta pretensión, sin tener más esperanzas de salir con ella que las dichas; que si la dama no sabía la enfermedad del galán, ¿cómo podía aplicarle el remedio? Y creo que aunque la supiera,° 'no se le diera,° porque llegó tarde.

= hubiera sabido, = no se lo habría dado

Vamos al caso. Que fue que una noche, poco 'antes que amaneciese,° venían don Gaspar y su criado de una casa de conversación, que, aunque pudiera con la ostentación de señor traer coche y criados, como mozo y enamorado, 'picante en alentado,° gustaba más de andar así, procurando con algunos entretenimientos divertirse de sus amorosos cuidados, pasando por la calle en que vivía Florentina, que ya que no veía la perla, se contentaba con ver la caja, al entrar por la calle, por ser la casa a la salida de ella, con 'el resplandor de la luna,° que aunque iba alta daba claridad, vio tendida° en el suelo una mujer, a quien el oro de los atavíos, que sus vislumbres con los de Diana competían, la calificaban de porte,[29] que con desmayados alientos se quejaba, como si ya quisiese despedirse° de la vida. Más susto creo que le dieron éstos° a don Gaspar que los que oyó en la cueva, no de pavor, sino de compasión. Y llegándose a ella, para informarse de su necesidad, la vio toda bañada en su sangre, de que todo el suelo estaba hecho un lago, y el macilento° y hermoso rostro, aunque desfigurado, daba muestras de su divina belleza y también de su cercana muerte.

before dawn

high spirited

moonlight, lying

bid farewell, = breaths

pale

Tomóla don Gaspar por las hermosas manos, que parecían de mármol en lo blanco y helado, y estremeciéndola° le dijo:

shaking her

"¿Qué tenéis señora mía, o quién ha sido el cruel que así os puso?"

A cuya pregunta respondió la desmayada señora, abriendo los hermosos ojos, conociéndole castellano, y alentándose más con esto de lo que podía, en lengua portuguesa:

---

28 **Le debía...** *She probably assumed he admired her beauty and this is a debt that requires no payment or gratitude*

29 **A quien...** *The gold of her ornaments competed in their glitter with Diana's rays (Roman Goddess of the Moon) attesting to her nobility*

"¡Ay, caballero! por la pasión de Dios, y por lo que debéis a ser quien sois, y a ser castellano, que me llevéis adonde procuréis, antes que muera, darme confesión; que ya que pierdo la vida en la flor de mis años, no querría perder el alma, que la tengo en gran peligro."

Tornóse° a desmayar, dicho esto; que visto por don Gaspar, y que la triste dama daba indicios mortales, entre él y el criado le levantaron del suelo, y acomodándosela° al criado en los brazos, de manera que la pudiese llevar con más alivio, para 'quedar él desembarazado,° para si encontraban gente o justicia, caminaron lo más apriesa° que podían a su posada,° que no estaba muy lejos, donde, llegados sin estorbo ninguno, siendo recibidos de los demás criados y una mujer que cuidaba de su regalo, y poniendo el desangrado° cuerpo sobre su cama, enviando por un confesor y otro por un cirujano. Y hecho esto, entró donde estaba la herida dama, que la tenían cercada los demás, y la criada con una bujía° encendida en la mano, que a este punto 'había vuelto en sí,° y estaba pidiendo confesión, porque se moría, a quien la criada consolaba, animándola a que tuviese valor, pues estaba en parte donde cuidarían de darle remedio al alma y cuerpo.

Llegó, pues, don Gaspar, y poniendo los ojos en el ya casi difunto rostro, quedó, como los que ven visiones o fantasmas, 'sin pestañear,° ni poder con la lengua articular palabra ninguna, porque no vio menos que a su adorada y hermosa Florentina. Y no acabando de dar crédito a sus mismos ojos, los cerraba y abría, y tornándolos a cerrar, los tornaba de nuevo a abrir, por ver si se engañaba. Y viendo que no era engaño, empezó a dar lugar a las admiraciones, no sabiendo qué decir de tal suceso, ni que causa podría haberla dado, para que una señora tan principal, recatada y honesta, estuviese del modo que la veía y en la parte que la había hallado; mas, como vio que por entonces no estaba para saber de ella lo que tan admirado le tenía, porque la herida dama ya se desmayaba, y ya tornaba en sí, sufrió en su deseo, callando quién era, por no advertir a los criados de ello.°

Vino en esto el criado con dos religiosos, y de allí a poco el que traía el cirujano, y para dar primero el remedio al alma,

Margin glosses:

= **se tornó** *once again*

positioning her

to remain without

= **con prisa**, lodging

bloodless

oil lamp

had regained consciousness

face

without blinking

= **el suceso**

se apartaron todos; mas Florentina eſtaba tan desflaquecida° — weakened
y desmayada de la sangre que había perdido y perdía, que no
fue posible confesarse. Y así, por mayor, por el peligro en que
eſtaba, haciendo el confesor algunas prevenciones y prome-
tiendo, si a la mañana se hallase más aliviada, confesarse,° la — = *para* confesarse
absolvió,° y dando lugar al médico del cuerpo, acudiendo° — = la absolvería,
todos y los religiosos, que no se quisieron ir haſta dejarla — crowding
curada, la desnudaron y pusieron en la cama, y hallaron que
tenía una eſtocada° entre los pechos, de la parte de arriba, que — stab wound
aunque no era penetrante, moſtraba ser peligrosa, y lo 'fuera
más,° a no haberla defendido algo las ballenas° de un juſtillo° — = habría sido peor,
que traía. Y debajo de la garganta, casi en el hombro derecho, — stays, corset
otra, también peligrosa, y otras dos en la parte de las espaldas,
dando señal que, teniéndola asida° del brazo, se las habían — held
dado; que lo que la tenía tan sin aliento era la perdida sangre,
que era mucha, porque había tiempo que eſtaba herida.

Hizo el cirujano su oficio, y 'al revolverla° para hacerlo, — upon turning her over
se quedó de todo punto sin sentido.[30] En fin, habiéndola to-
mado la sangre, y don Gaspar contentado al cirujano, y avisá-
dole° no diese cuenta del caso, haſta ver si la dama no moría, — = avisándole *que*
como había sucedido tal desdicha, contándole de la manera
que la había hallado, por ser el cirujano caſtellano de los que
habían ido en la tropa de Su Majeſtad, pudo conseguir lo que
pedía, con orden de que volviese en siendo de día, se fue a su
posada, y los religiosos a su convento.

Recogiéronse todos. Quedó don Gaspar que no quiso
cenar, habiéndole hecho una cama en la misma cuadra° en — room
que eſtaba Florentina. Se fueron los criados a acoſtar, dejándole allí algunas conservas y bizcochos,° agua y vino, por — biscuits
si la dama 'cobraba el sentido,° darle algún socorro.° Idos, — regained consciousness, aid
como digo, todos, don Gaspar se sentó sobre la cama en que
eſtaba Florentina, y teniendo cerca de sí la luz, se puso a con-
templar la casi difunta hermosura. Y viendo medio muerta
la misma vida con que vivía, haciendo en su enamorado pecho los efeſtos que amor y piedad suelen causar, con los ojos
humedecidos de amoroso sentimiento, tomándole las manos

30 **Se quedó**... *She fell into a deep swoon*

que tendidas sobre la cama tenía, ya le registraba los pulsos, para ver si acaso vivía, otras, tocándole el corazón y muchas poniendo los claveles de sus labios en los nevados copos,[31] que tenía asidos con sus manos, decía:

"¡Ay, hermosísima y mal lograda Florentina, que quiso mi desdichada suerte que cuando soy dueño de estas 'deshojadas azucenas,° sea cuando estoy tan cerca de perderlas! Desdichado fue el día que vi tu hermosura y la amé, pues después de haber vivido muriendo tan 'dilatado tiempo,° sin valer mis penas nada ante ti, que lo que se ignora pasa por cosa que no es, quiso mi desesperada y desdichada fortuna que, cuando te hallé, fuese° cuando te tengo más perdida y estoy con menos esperanzas de ganarte; pues cuando me pudiera prevenir con el bien de haberte hallado algún descanso, te veo ser despojos° de la airada° muerte. ¿Qué podré hacer, infelice amante tuyo, en tal dolor, sino serlo también en el punto que tu alma desampare° tu hermoso cuerpo, para acompañarte en esta eterna y última jornada? ¡Qué manos tan crueles fueron las que tuvieron ánimo para sacar de tu cristalino pecho, donde sólo amor merecía estar aposentado, tanta 'púrpura como los arroyos° que te he visto verter! Dímelo, señora mía, que como caballero te prometo de hacer en él la más rabiosa venganza, que cuanto ha que se crió el mundo se haya visto.[32] Mas, ¡ay de mí! que ya parece que la airada Parca[33] ha cortado el delicado estambre° de tu vida, pues ya te admiro mármol helado, cuando te esperaba fuego y blanda° cera derretida al calor de mi amor! Pues ten por cierto, ajado° clavel, y difunta belleza, que te he de seguir, cuando, no acabado con la pena, muerto con mis propias manos y con el puñal de mis iras."

Diciendo esto, tornaba a hacer experiencia de los pulsos y del corazón, y tornaba de nuevo y con más lastimosas quejas a llorar la mal lograda belleza. Así pasó hasta las seis de

lilies without petals

long period

just

spoiling, angry

departs

red rivers

stem

soft

severed

---

31 **Poniendo los claveles**... *Putting his red carnation of his lips on her snowy whiteness (complexion)*

32 **Que cuanto**... *Against him the world has ever seen*

33 **Parca** is a poetic reference meaning fate. In Roman mythology, the three daughters of Zeus, Cloto, Láquesis, and Atropos presided over humankind's destiny.

la mañana, que a eſta hora tornó en sí la desmayada dama
con algo de más aliento; que como 'se le había reſtriñido° la — had been staunched
sangre, tuvo más fuerza su ánimo y desanimados espíritus. Y
abriendo los ojos, miró como despavorida° los que la tenían — terrorized
cercada, extrañando° el lugar donde se veía; que ya eſtaban — unfamiliar
todos allí, y el cirujano y los dos piadosos frailes. Mas volviendo en sí, y acordándose cómo la había traído un caballero, y lo demás que había pasado por ella, y con debilitada voz
pidió que le diesen alguna cosa con que cobrar más fuerzas,
la sirvieron con unos bizcochos mojados en oloroso vino, por
ser alimento más blando y suſtancioso. Y habiéndolos comi-
do, dijo que le enseñasen[34] el caballero a quien debía el no
haber muerto como gentil y bárbara.[35] Y hecho, le dio las
gracias como mejor supo y pudo. Y habiendo ordenado° se — = ordenado *que*
le sacase una suſtancia, la quisieron dejar un rato sola, para
que, no teniendo con quien hablar, reposase° y se previniese — she rested
para confesarse. Mas ella, sintiéndose con más aliento, dijo
que no, sino que se quería confesar luego,° por lo que pudiese — right away
suceder. Y antes de eſto, volviéndose a don Gaspar, le dijo:
"Caballero (que aunque quiera llamaros por vueſtro
nombre, no le sé, aunque me parece que os he viſto antes de
ahora), ¿acertaréis a ir a la parte donde me hallaſteis? Que
si es posible acordaros, en la misma calle preguntad por las
casas de don Dionís de Portugal, que son bien conocidas en
ella, y abriendo la puerta, que no eſtá más que con un cerro-
jo,° 'poned en cobro° lo que hay en ella, tanto de gente como — a latch, take care of
de hacienda. Y porque no os culpen a vos de las desventuras
que hallaréis en ella,° y por hacer bien os venga mal,[36] llevad — = the house
con vos algún miniſtro de juſticia, que ya es imposible, según
el mal que hay en aquella desdichada casa (por culpa mía)
encubrirse, ni menos cautelarme yo, sino que° sepan dónde — tell them
eſtoy, y si mereciere° más caſtigo del que tengo, me le den. — = merezco
"Señora" respondió don Gaspar, diciéndole primero como
era su nombre, "bien sé vueſtra casa, y bien os conozco, y no
decís mal, que muchas veces me habéis viſto, aunque no me

---

34 **Dijo que**... *Asked to be shown*
35 **A quien**... *That didn't let her die like a heathen*
36 **Por hacer**... *Receiving ill will for doing a good deed*

habéis mirado. Yo a vos sí que os he mirado y visto; mas no
estáis en estado de saber por ahora dónde, ni menos para qué,
si de esas desdichas que hay en vuestra casa sois vos la causa,
andéis en lances de justicia."

"No puede ser menos" respondió Florentina "haced, señor don Gaspar, lo que os suplico, que ya no temo más daño
del que tengo; demás que vuestra autoridad es bastante para
que por ella me guarden a mí alguna cortesía."

Viendo, pues, don Gaspar que ésta era su voluntad, no
replicó más; antes mandando poner el coche, entró en él y se
fue a palacio, y dando cuenta de lo sucedido con aquella dama,
sin decir que la conocía ni amaba, a un deudo suyo, también
de la cámara de Su Majestad, le rogó° le acompañase para ir a   = rogó *que*
dar cuenta al gobernador, porque no le imaginasen cómplice
en las heridas de Florentina, ni en los riesgos sucedidos en su
casa. Y juntos don Gaspar y don Miguel fueron en casa del
gobernador, a quien dieron cuenta del estado en que había
hallado la dama, y lo que decía de su casa; que como el gobernador conocía muy bien a don Dionís y vio lo que aquellos
señores le decían, al punto, entrándose en el coche con ellos,
haciendo admiraciones de tal suceso, se fueron cercados de
ministros de justicia a la casa de don Dionís, que, llegados
a ella, abrieron el cerrojo que Florentina había dicho, y entrando todos dentro, lo primero que hallaron fue, a la puerta
de un aposento que estaba al pie de la escalera, dos pajes en
camisa,° dados de puñaladas, y subiendo por la escalera, una   night shirt
esclava blanca, herrada en el rostro, a la misma entrada de un
corredor,° de la misma suerte que los pajes, y una doncella   hall
sentada en el corredor, atravesada de una estocada hasta las
espaldas, que, aunque estaba muerta, no había tenido lugar
de caer, como estaba arrimada° a la pared; junto a ésta estaba   leaning against
una hacha° caída, como que a ella misma se le había caído   axe
de la mano. Más adelante, a la entrada de la antesala, estaba
don Dionís, atravesado en su misma espada, que toda ella le
salía por las espaldas, y él caído 'boca abajo,° pegado el pecho   face down
con la guarnición, que bien se conocía haberse arrojado sobre

ella,[37] desesperado de la vida y aborrecido de su misma alma.

En un aposento que estaba en el mismo corredor, correspondiente a una cocina, estaban tres esclavas, una blanca y dos negras; la blanca, en el suelo, en camisa, en la mitad del aposento; y las negras en la cama, también muertas a estocadas. Entrando más adentro, en la puerta de una cuadra, medio cuerpo fuera y medio dentro, estaba un mozo de hasta veinte años, de muy buena presencia y cara, pasado de una estocada; éste estaba en camisa, cubierta con una capa, y en 'los descalzos° pies una chinelas.° En la misma cuadra donde estaba la cama, echada en ella, doña Magdalena, también muerta de crueles heridas; mas con tanta hermosura, que parecía una estatua de marfil° 'salpicada de rosicler.° En otro aposento, detrás de esta cuadra, otras dos doncellas, en la cama, también muertas, como las demás.

Finalmente, en la casa no había cosa viva. Mirábanse los que venían esto, unos a otros, tan asombrado, que no sé cuál podía en ellos más: la lástima o la admiración. Y bien juzgaron ser don Dionís el autor de tal estrago,° y que después de haberle hecho, había vuelto su furiosa rabia contra sí. Mas viendo que sola Florentina, que era la que tenía vida, podía decir cómo había sucedido tan lastimosa tragedia, mas sabiendo de don Gaspar el peligro en que estaba su vida, y que no era tiempo de averiguarla° hasta ver si mejoraba, suspendieron la averiguación y dieron orden de enterrar los muertos, con general lástima, y más de doña Magdalena, que como la conocían ser una señora de tanta virtud y tan honorosa, y la veían con tanta mocedad y belleza, se dolían más de su desastrado° fin que de los demás.

Dada, pues, tierra a los lastimosos cadáveres, y puesta por inventario la hacienda, depositada en 'personas abonadas,° se vieron todos juntos en casa de don Gaspar, donde hallaron reposando a Florentina, que después de haberse confesado y dádole° una sustancia, se había dormido; y que un médico, de quien se acompañó el cirujano que la asistía por orden de don

bare feet, slippers

ivory, sprinkled with rose petals

slaughter

to find out from her

tragic

trustworthy executors

= darle

---

37 **Pegado el pecho**... *His chest pressing against the ax handle so you could tell he had thrown himself upon it*

Gaspar, decía que no era tiempo de desvanecerla,° por cuanto
la confesión había sido larga y le había dado calentura,° que
aquel día no convenía que hablase; mas, porque temían, con
la falta de tanta sangre como había perdido, no enloqueciese,°
la dejaron depositándola° en poder de don Gaspar y su primo, que siempre que se la pidiesen darían cuenta de ella. Se
volvió el gobernador a su casa, llevando bien que contar, él y
todos, de la deſtrucción de la casa de don Dionís, y bien de-
seosos de saber el motivo que había para tan laſtimoso caso.

   Más de quince días se pasaron, que no eſtuvo Florentina para hacer declaración de tan laſtimosa hiſtoria, llegando muchas veces a término de acabar la vida; tanto, que fue
necesario darle todos los sacramentos. En cuyo tiempo, por
consejo de don Gaspar y don Miguel, había hecho declaración delante del gobernador, cómo don Dionís había hecho
aquel laſtimoso eſtrago, celoso de doña Magdalena y aquel
criado, de quien injuſtamente sospechaba mal, que era el que
eſtaba en la puerta de la cuadra, y que a ella había también
dado aquellas heridas; mas que no la acabó de matar, por
haberse pueſto de por medio aquella esclava que eſtaba en la
puerta del corredor, donde pudo escaparse mientras la mató,
y que se había salido a la calle, y cerrado tras sí la puerta,
y con perder tanta sangre, cayó donde la halló don Gaspar.
Que en cuanto a don Dionís, que no sabía si se había muerto
o no; 'mas que° pues le habían hallado como decían, que él,
de rabia, se había muerto.

   Con eſta confesión o declaración que hizo, no culpán-
dose a sí, por no ocasionarse el caſtigo, con eſto cesaron las
diligencias° de la juſticia; antes desembargando° el hacienda,
y poniéndola a ella en libertad, le dieron la posesión de ella;
la parte de su hermana, por herencia, y la de don Dionís, en
pago de las heridas recibidas de su mano, para que, si viviese,
la gozase, y si muriese, pudiese teſtar° a su voluntad.

   Con que, pasado más de un mes, que con verse quieta
y rica, se consoló y mejoró (o Dios que dispone las cosas
'conforme a° su voluntad y 'a utilidad nueſtra°), en poco más
tiempo eſtaba ya fuera de peligro, y tan agradecida del agasa-
jo° de don Gaspar, y reconocida del bien que de él había reci-

awaken her
fever

she might hallucina
placing her

since

investigation, free-
ing

to will

according to, for ou
own good
kindness

bido, que no fuera° muy dificultoso amarle, pues fuera de esto lo merecía por su gallardía° y afable condición, además de su nobleza y muchos bienes de fortuna, de que le había engrandecido el Cielo de todas maneras, y aun estoy por decir que le debía de amar. Mas como se hallaba inferior, no en la buena sangre,[38] en la riqueza y en la hermosura, que 'ésa sola bastaba,° sino en la causa que originó el estar ella en su casa, no se atrevía a darlo a entender; ni don Gaspar, más atento a su honor que a su gusto, aunque la amaba, como se ha dicho, y más, como se sabe, del trato,° que suele engendrar amor donde no le hay, no había querido declararse con ella hasta saber en qué manera había sido la causa de tan lastimoso suceso; porque más quería morir amando con honor, que sin él vencer y gozar, supuesto que Florentina, para mujer, si había desmán° en su pureza, era poca mujer, y para dama, mucha. Y deseoso 'de salir de este cuidado° y determinar lo que había de hacer, porque la jornada de Su Majestad para Castilla se acercaba, y él había de asistir a ella, viéndola con salud y muy cobrada de su hermosura, y que ya se empezaba a levantar, le suplicó° le contase cómo habían sucedido tantas desdichas, como por sus ojos había visto, y Florentina, obligada y rogada° de persona a quien tanto debía, estando presente don Miguel, que deseaba lo mismo, y aún no estaba menos enamorado que su primo, aunque, temiendo lo mismo, no quería manifestar su amor, empezó a contar su prodigiosa historia de esta manera:

"Nací en esta ciudad (nunca naciera, para que hubiera sido ocasión de tantos males),[39] de padres nobles y ricos, siendo desde el primer paso que di en este mundo causa de desdichas, pues se las ocasioné a mi madre, quitándole, en acabando de nacer, la vida, con tierno sentimiento de mi padre, por no haber gozado de su hermosura más de los nueve

Margin notes:
= no habría sido
nobility
this alone wasn't sufficient
dialogue
stain
clarify his position
= suplicó *que*
beseeched

---

38 **Buena sangre** After the Reconquest of 1492, Spain became obsessed with the concept of *limpieza de sangre* or purity of blood. *Buena sangre* is a reference to having noble blood or Christian lineage; that is, blood untainted by Jewish ancestry.

39 **Nunca naciera...** *Would that I had never been born, never to have caused such misfortune!*

meses que me tuvo en su vientre,° si bien se le moderó, como   womb
hace a todos, pues apenas tenía yo dos años se casó con una
señora viuda y hermosa, con buena hacienda, que tenía asi-
mismo° una hija que le había quedado de su esposo, de edad   of her own
de cuatro años, que ésta fue la desdichada doña Magdalena.
Hecho, pues, el matrimonio de mi padre y su madre, nos cria-
mos juntas desde la infancia, tan amantes la una de la otra,
y tan amadas de nuestros padres, que todos entendían que
éramos hermanas; porque mi padre, por obligar a su esposa,
quería y regalaba a doña Magdalena, como si fuera hija suya,
y su esposa, por tenerle a él grato y contento, me amaba a mí
más que a su hija, que esto es lo que deben hacer los buenos
casados y que quieren vivir con quietud; pues del poco agrado que tienen los maridos con los hijos de sus mujeres, y las
mujeres con los de sus maridos, nacen mil rencillas° y pesa-   quarrels, regrets
dumbres.°"

"En fin, digo que, si no eran los que muy familiarmente
nos trataban, que sabían lo contrario, todos los demás nos
tenían por hermanas, y hoy aún; nosotras mismas lo creíamos
así, hasta que la muerte descubrió este secreto; que, llegando
mi padre al punto de hacer testamento para partir de esta
vida, por ser el primero que la dejó, supe que no era hija de la
que reverenciaba por madre, ni hermana de la que amaba por
hermana. Y por mi desdicha, hubo de ser por mí por quien
faltó° esta amistad. Murió mi padre, dejándome muy 'enco-   failed
mendada a° su esposa; mas no pudo mostrar mucho tiempo   in the trust of
en mí el amor que a mi padre tenía, porque fue tan grande el
sentimiento que tuvo de su muerte, que dentro de cuatro meses le siguió, dejándonos a doña Magdalena y a mí bien des-
amparadas,° aunque bien acomodadas de bienes de fortuna,   abandoned
que, acompañados con los de naturaleza, nos prometíamos
buenos casamientos, porque no hay diez y ocho años feos."

"Dejónos nuestra madre (que en tal lugar la tenía yo)
debajo de la tutela° de un hermano suyo, de más edad que   custody
ella, el cual nos llevó a su casa, y nos tenía como a hijas, no
diferenciándonos en razón de nuestro regalo y aderezo° a la   treatment
una de la otra, porque era con tan gran extremo lo que las dos
nos amábamos, que el tío de doña Magdalena, pareciéndole

que' hacía lisonja° a su sobrina, que quería y acariciaba de la *seeking to pleasure*
misma suerte que a ella. Y no hacía mucho, pues, 'no estando
él muy sobrado,° con nuestra hacienda no le faltaba nada." *not well off*

"Ya cuando nuestros padres murieron, andaba don Dionís de Portugal, caballero rico, poderoso y de lo mejor de
esta ciudad, muy enamorado de doña Magdalena, deseándola
para esposa, y 'se había dilatado° el pedirla por su falta,° pa- *had postponed, loss (of*
seándola y galanteándola de lo ternísimo y cuidadoso, como *her parents)*
tiene fama nuestra nación. Y ella, como tan bien entendida,
conociendo su logro, le correspondía con la misma voluntad,
en cuanto a dejarse servir y galantear de él, con el decoro
debido a su honestidad y fama, supuesto que admitía su voluntad y finezas con intento de casar° con él." *= casarse*

"Llegaron, pues, estos honestos y recatados amores, a de-
terminarse doña Magdalena de casarse sin la voluntad de su
tío, conociendo en él la poca que mostraba en darle estado,
temeroso de perder la comodidad con que con nuestra buena
y lucida° hacienda pasaba. Y así, gustara° más que fuéramos *lavish, = le habría gus-*
religiosas, y aun nos lo proponía muchas veces; mas viendo la *tado*
poca inclinación que teníamos a este estado, o por desvane-
cidas con la belleza, o porque habíamos de ser desdichadas,
no apretaba en ello, mas dilataba el casarnos: que todo esto
pueden los intereses de pasar con descanso. Que visto esto
por doña Magdalena, determinada, como digo, a elegir por
dueño a don Dionís, empezó a engolfarse° más en su volun- *to engulf*
tad, escribiéndose el uno al otro y hablándose muchas noches
por una reja."[40]

"Asistíala yo algunas noches (¡oh, primero muriera, que
tan cara me cuesta esta asistencia!), al principio, contenta de
ver a doña Magdalena empleada en un caballero de tanto
valor como don Dionís, al medio, envidiosa de que fuese suyo
y no mío, y al fin, enamorada y perdida por él. Oíle tierno,
escuchéle discreto, miréle galán, consideréle ajeno, y dejéme
perder sin remedio, 'con tal precipicio,° que vine a perder la *with such recklessness*

---

40 The Spanish Counter-Reformation insisted upon enclosure or what
it deemed natural confinement for women in the form of house, convent or
brothel. Therefore, men and women that courted would do so by speaking
through the *rejas* (or bars on a window) of her house.

salud, donde conozco que acierta quien dice que el amor es
enfermedad, pues se pierde el gusto, 'se huye° el sueño y se   flees
apartan las ganas de comer. Pues si todos estos accidentes
caen sobre el fuego que amor enciende en el pecho, no me
parece que es el menos peligroso tabardillo° y más cuando   illness
da con la modorra° de no poder alcanzar, y con el frenesí   heaviness
celoso de ver lo que se ama empleado en otro cuidado. Y más
rabioso fue este mal en mí, porque no podía salir de mí, 'ni
consentía° ser comunicado, pues todo el mundo me había de   nor permitting
infamar de que amase yo lo que mi amiga o hermana amaba.
Yo quería a quien no me quería, y éste amaba a quien yo tenía
obligación de no ofender. ¡Válgame Dios, y qué intrincado
laberinto, pues sólo mi mal era para mí y mis penas no para
comunicadas!"

"Bien notaba doña Magdalena en mí melancolía y perdida color, y demás accidentes, mas no imaginaba la causa. Que
creo, de lo que me amaba, que dejara la empresa porque yo
no padeciera.[41] (Que cuando considero esto, no sé como mi
propio dolor no me quita la vida.) Antes juzgaba de mi tristeza debía de ser porque no me había llegado a mí la ocasión
de tomar estado como a ella, como es éste el deseo de todas
las mujeres de sus años y de los míos. Y si bien algunas veces
me persuadía a que le comunicase mi pena, yo la divertía
dándole otras precisas causas, hasta llegarme a prometer que,
en casándose, me casaría con quien yo tuviese gusto. ¡Ay, mal
lograda hermosura, y qué falsa y desdichadamente te pagué
el amor que me tenías!"

"Cierto, señor don Gaspar, que, a no considerar que, si
dejase aquí mi lastimosa historia, no cumpliría con lo que estoy obligada, os suplicara me diérades licencia para dejarla;[42]
porque no me sirve de más de añadir nuevos tormentos a los
que padezco en referirla. Mas pasemos con ella adelante, que
justo es que padezca quien causó tantos males, y así, pasaré a
referirlos. Las músicas, las finezas y los extremos con que don
Dionís servía a doña Magdalena, ya lo podréis juzgar de la

---

41   **Que dejara**... *That she would have given him up so that I wouldn't
suffer*

42   **Os suplicara**... *I would beg your permission to abandon it (the story)*

opinión de enamorados que nuestra nación tiene; ni tampoco las rabiosas bascas,° los dolorosos suspiros y tiernas lágrimas de mi corazón y ojos, el tiempo que duró este galanteo, pues lo podréis ver por lo que adelante sucedió."

    mortal pain

"En fin, puestos los medios necesarios para que su tío de doña Magdalena no lo negase, viendo conformes las dos voluntades, aunque de mala gana, por perder el interés que se le seguía en el gobierno y administración de la hacienda, doña Magdalena y don Dionís llegaron a gozar lo que tanto deseaban, tan contentos con el felicísimo y dichoso logro de su amor, como yo triste y desesperada, viéndome de todo punto desposeída del bien que adoraba mi alma. No sé cómo os diga mis desesperaciones y rabiosos celos; mas mejor es callarlo, porque así saldrán mejor pintados, porque no hallo colores como los de la imaginación. No digo más, sino que a este efecto hice un romance, que si gustáis, le diré, y si no, le pasaré en silencio."

"Antes me agraviaréis" dijo don Gaspar "en no decirle; que sentimientos vuestros serán de mucha estima."

"Pues el romance es éste, que canté a una guitarra, el día del desposorio, más que cantando, llorando:

> Ya llego, Cupido, al ara;°
> ponme en los ojos el lienzo;
> pues sólo por mis desdichas
> ofrezco al cuchillo el cuello.

    sacrificial altar

> Ya no tengo más que darte,
> que pues la vida te ofrezco;
> niño cruel, ya conoces
> el poco caudal que tengo.

> Un cuerpo sin alma doy;
> que es engaño, ya lo veo;
> mas tiéneme Fabio el alma,
> y quitársela no puedo.

> Que si guardaba la vida,

era por gozarle en premio
de mi amor; mas ya la doy
con gusto, pues hoy le pierdo.

5   No te obliguen las corrientes°   torrents
que por estos ojos vierto;°   I spill
que no son por obligarte,
sino por mi sentimiento.

10 Antes, si me has de hacer bien,
acaba, acábame presto,
para que el perder a Fabio
y el morir lleguen a un tiempo.

15 Mas es tanta tu crueldad,
que porque morir deseo,
el golpe suspenderás
más que piadoso, severo.

20 Ejecuta el golpe, acaba,
o no me quites mi dueño;
déjame vivir con él,
aunque viva padeciendo.

25 Bien sabes que sola una hora
vivir sin Fabio no puedo;
pues si he de morir despacio,
más alivio es morir presto.

30 Un año, y algo más, ha
que sin decirlo padezco,
amando sin esperanzas,
que es la pena del infierno.

35 Ya su sol se va a otro oriente,
y a mí, como a ocaso negro,
quedándome sin su luz,
¿para qué la vida quiero?

Mas si tengo de morir,
amor, ¿para qué me quejo?
Que pensarás que descanso,
y no descanso, que muero.

Ya me venda° amor los ojos,   blindfold
ya desenvaina° el acero;°   unsheathes, sword
ya muero, Fabio, por ti,
ya por ti la vida dejo.

Ya digo el último adiós.
¡Oh, permita, Fabio, el cielo,
que a ti te dé tantas dichas
como yo tengo tormentos!

En esto decir quiero que muero, Fabio, pues que ya te pierdo,
y que por ti, con gusto, Fabio, muero.[43]

"Casáronse, en fin, don Dionís y doña Magdalena. Y,
como me lo había prometido, me trujo, cuando se vino a su
casa, en su compañía, con ánimo de darme estado, pensando
que traía una hermana y verdadera amiga, y trujo la destruc-
ción de ella. Pues ni el verlos ya casados, ni cuán ternísi-
mamente se amaban, ni lo que a doña Magdalena de amor
debía, ni mi misma pérdida, nada bastó para que yo olvidase a
don Dionís; antes crecía en mí la desesperada envidia de verlos gozarse y amarse con tanta dulzura° y gusto; con lo que yo   sweetness
vivía tan sin él, que creyendo doña Magdalena que nacía de
que se dilataba 'el darme estado,° trató de emplearme° en una   arrange my marriage,
persona que me estimase y mereciese. Mas nunca, ni ella, ni   find me
don Dionís lo pudieron acabar conmigo, de que doña Magdalena se admiraba mucho y me decía que me había hecho
de 'una condición tan extraña,° que 'la traía fuera de sí,° ni   estranged, upset her

---

43 **Cupido** The tale of Cupid and Psyche first appeared in the *Golden Ass* (second century A.D.). As the tale goes, Venus, jealous and envious of the beauty of a mortal woman named Psyche, asks her son, Cupid, to use his golden arrows to cause Psyche to fall in love with the vilest creature on earth. Cupid agrees, but then falls in love with Psyche of his own accord.

me la entendía. Y a la cuenta debía de comunicar esto mismo
con su esposo, porque un día que ella estaba en una visita y
yo me había quedado en casa, como siempre hacía (que como
andaba tan desabrida, a todo divertimento me negaba), vino
don Dionís, y hallándome sola y los ojos bañados de lágrimas, que pocos ratos dejaba de llorar el mal empleo de mi
amor, sentándose junto a mí, me dijo:

"Cierto, hermosa Florentina, que a tu hermana y a mí 'nos
trae cuidadosísimos° tu melancolía, haciendo varios discursos   worries us a lot
de qué te puede proceder,° y ninguno hallo más a propósito,   to originate
ni que lleve color de verdadero, sino que quieres bien en parte
imposible;[44] que a ser posible, no creo que haya caballero en
esta ciudad, aunque sea de jerarquía superior, que no estime
ser amado de tu hermosura y se tuviera por muy dichoso
en merecerla, aun cuando no fueras quien eres, ni tuvieras la
hacienda que tienes, sino que fueras una pobre aldeana,° pues   village girl
con ser dueño de tu sin igual belleza, se pudiera tener por el
mayor rey del mundo."

"Y si acaso fuera" respondí yo, no dejándole pasar adelante (tan precipitada° me tenía mi amorosa pasión, o, lo más   hasty
seguro, dejada de la divina mano) "que fuera así, que amara
en alguna parte difícil de alcanzar correspondencia,[45] ¿qué
hiciérades vos por mí, señor don Dionís, para remediar mi
pena?"

"Decírsela, y solicitarla° para que te amase" respondió   try to get him
don Dionís.

"Pues si es así" respondí yo, "dítela a ti mismo, y solicítate
a ti, y cumplirás lo que prometes. Y mira cuán apurado° está   extreme
mi sufrimiento, que sin mirar lo que debo a mí misma, ni
que profano la honestidad, joya de más valor que una mujer
tiene, ni el agravio que hago a tu esposa, que aunque no es mi
hermana, la tengo en tal lugar, ni el saber que voy a perder, y
no a ganar contigo, pues es cierto que me has de desestimar
y tener en menos por mi atrevimiento,° y despreciarme por   audacity
mirarme liviana,° y de más a más por el amor que debes a tu   loose woman

---

44 **Sino que**... *Except you suffer from an impossible love*
45 **Que amara**... *That I loved a person who could not return my love*

esposa, tan merecedora de tu lealtad como yo de tu desprecio. Nada de esto me obliga; porque he llegado a tiempo que es más mi pena que mi vergüenza. Y así, tenme por libre,° admírame atrevida, ultrájame° deshonesta, aborréceme liviana o haz 'lo que fuere de tu gusto,° que ya no puedo callar. Y cuando no me sirva de más mi confesión, sino que sepas que eres la causa de mi tristeza y desabrimiento, me doy por contenta y pagada de haberme declarado. Y supuesto esto, ten entendido que, desde el día que empezaste a amar a doña Magdalena, te amo más que a mí, pasando las penas que ves y no ves, y de que a ninguna persona en el mundo he dado parte, resuelta a no casarme jamás, porque, si no fuere° a ti, no he de tener otro dueño."

"Acabé esta última razón con tantas lágrimas y ahogados° suspiros y sollozos,° que apenas la podía pronunciar. Lo que resultó de esto fue que, levantándose don Dionís, creyendo yo que se iba huyendo por no responder a mi determinada desenvoltura, y cerrando la puerta de la sala, se volvió donde yo estaba, diciendo:

"No quiera amor, hermosa Florentina, que yo sea ingrato a tan divina belleza y a sentimientos tan bien padecidos y tiernamente dichos."

"Y anudándome° al cuello los brazos, me acarició de modo que ni yo tuve más que darle, ni él más que alcanzar ni poseer. En fin, toda la tarde estuvimos juntos en amorosos deleites. Y en el discurso de ella, no sé que fuese verdad, que los amantes a peso de mentiras nos compran,[46] que desde otro día casado me amaba, y por no atreverse, no me lo había dicho, y otras cosas con que yo creyéndole, me tuve por dichosa, y me juzgué no mal empleada, y que si se viera libre, fuera mi esposo. Rogóme don Dionís con grandes encarecimientos° que no descubriera a nadie nuestro amor, pues teníamos tanto lugar de gozarle, y yo le pedí lo mismo, temerosa de que doña Magdalena no lo entendiese."

"En fin, de esta suerte hemos pasado cuatro años, estando yo desde aquel día la mujer más alegre del mundo. Cobréme

----

46 **A peso...** *Lovers buy us with the coin of lies*

immoral

insult me

whatever you wish

= eres

choked

sobbing

pulling me

urgency

en mi perdida hermosura, reſtituíme en mi donaire.° De ma-   comeliness
nera que ya era el regocijo y alegría de toda la casa, porque yo
mandaba en ella. Lo que yo hacía era lo más acertado; lo que
mandaba, lo obedecido. Era dueño de la hacienda, y de cúya
era. Por mí se despedían y recibían los criados y criadas, de
manera que doña Magdalena no servía más de hacer eſtorbo
a mis empleos.

Amábame tanto don Dionís, granjeándole yo la voluntad
con mis caricias, que 'se vino a descuidar° en las que solía   he came to neglect
y debía hacer a su esposa, con que se trocaron las suertes.[47]
Primero Magdalena eſtaba alegre, y Florentina triſte; ya Florentina era la alegre, Magdalena la melancólica, la llorosa,
la desabrida y la desconsolada. Y si bien entendía que por
andar su esposo en 'otros empleos° se olvidaba de ella, jamás   elsewhere
sospechó en mí; lo uno, por el recato con que andábamos, y
lo otro por la gran confianza que tenía de mí, no pudiéndose
persuadir a tal maldad, si bien me decía que en mí las triſte-
zas y alegrías eran extremos que tocaban en locura. ¡°Válgame
el cielo,° y qué ceguedad es la de los amantes! ¡Nunca me   heaven help us!
alumbré de ella haſta que 'a coſta de° tantas desdichas se me   at the cost of
han abierto los ojos!

Llegó a tal extremo y remate° la de mis maldades, que   end
nos dimos palabras de esposos don Dionís y yo, para cuando muriera doña Magdalena,[48] como si eſtuviera en nueſtra
voluntad el quitarle la vida, o tuviéramos las nueſtras° más   = our *lives*
seguras que ella la suya. Llegóse en eſte tiempo la Semana
Santa,[49] en que 'es fuerza° acudir al mandamiento de la Igle-   it's necessary
sia. Y si bien algunas veces, en el discurso de mi mal eſtado,
me había confesado, algunas habían sido 'de cumplimiento.°   of necessity
Y yo, que sabía bien dorar mi yerro,[50] no debía haber encontrado confesor tan escrupuloso como eſte que digo, o yo debí

---

47 **Con que...** *She and I changed places*

48 **Que nos dimos...** *That we took an oath to marry when Magdalena
died*

49 **Semana Santa** Holy Week in the Chriſtian (Catholic) faith is a
solemn celebration taking place the week prior to Eaſter. During this time,
faſting and penitence are expected.

50 **Que sabía...** *I knew how to conceal my sin*

de declararme mejor. ¡'Oh infinita bondad,° y qué sufres!" Oh divine mercy!

"En fin, tratando con él del estado de mi conciencia, 'me la apuró° tanto, y me puso tantos temores de la perdición° de he pressed me, dam- mi alma, no queriéndome absolver, y diciéndome que esta- nation ba como acá ardiendo en los infiernos, que volví a casa bien desconsolada, y entrándome en mi retraimiento,° empecé a retreat llorar, de suerte que lo sintió una doncella mía, que se había criado conmigo desde niña; que es la que si os acordareis, se- ñor don Gaspar, hallasteis en aquella desdichada casa sentada en el corredor, arrimada a la pared, pasada de parte a parte por los pechos, y con grande instancia, ruegos y sentimientos, me persuadió a que le dijese la causa de mi lastimoso llanto. Y yo (o por descansar con ella, o porque ya la fatal ruina de todos se acercaba, advirtiendo, lo primero, del secreto y disi- mulación° delante de don Dionís, porque no supiese que ella concealment lo sabía, por lo que importaba) le di cuenta de todo, sin fal- tar nada, contándole también lo que me había pasado con el confesor. La doncella, haciendo grandes admiraciones, y más de cómo había podido tenerlo tanto tiempo encubierto sin que ninguno° lo entendiese, me dijo, viendo que yo le pedía = ninguno *que* consejo, estas razones:

"Cierto, señora mía, que son sucesos, los que me has con- tado, de tanta gravedad, que era menester, para dar salida a ellos, mayor entendimiento que el mío; porque pensar que has de estar en este estado presente hasta que doña Mag- dalena se muera, es una cosa que sólo esperarla causa des- esperación. Porque ¿cómo sabemos que se ha de morir ella primero que tú? ¿Ni don Dionís decirte que te apartes de él, amándole? Es locura que ni tú lo has de hacer, ni él, si está tan enamorado, como dices, menos; tú, sin honor y amando, aguardando milagros, que las más de las veces en estos casos suceden al revés, porque el Cielo castiga estas intenciones, y morir primero los que agravian que el agraviado, acabar el ofensor y vivir el ofendido. El remedio que hallo, cruel es; mas ya es remedio, que a llagas tan ulceradas como éstas quieren curas violentas."

"Roguéle me lo dijese, y respondióme:

"Que muera doña Magdalena;[51] que más vale que lo padezca una inocente, que se irá a gozar de Dios con la corona
del martirio, que no que tú quedes perdida."[52]

"¡Ay, amiga! ¿y no será mayor error que los demás" dije yo
"matar a quien no lo debe, y que Dios me le castigará a mí,
pues haciendo yo el agravio, le ha de pagar el que le recibe?"

"David" me respondió mi doncella "se aprovechó de él
matando a Urías, porque Bersabé no padeciera ni peligrara
en la vida ni en la fama.[53] Y tú me parece que estás cerca de
lo mismo, pues el día que doña Magdalena se desengañe, ha
de hacer de ti lo que yo te digo que hagas de ella."

"Pues si con sólo el deseo" respondí yo "me ha puesto el
confesor tantos miedos, ¿qué será con la ejecución?"

"Hacer lo que hizo David" dijo la doncella: "matemos a
Urías, que después haremos penitencia. En casándote con tu
amante, restaurar con sacrificios el delito; que por la penitencia se perdona el pecado, y así lo hizo el santo rey."

"Tantas cosas me dijo, y tantos ejemplos me puso, y tantas leyes me alegó,° que como yo deseaba lo mismo que ella   cited
me persuadía, que reducida a su parecer, dimos entre las dos
la sentencia contra la inocente y agraviada doña Magdalena;
que siempre a un error sigue otro, y a un delito muchos. Y
dando y tomando pareceres cómo se ejecutaría,[54] me respondió la atrevida mujer, en quien pienso que hablaba y obraba°   was working
el demonio:

"Lo que me parece más conveniente, para que ninguna
de nosotras peligre, es que la mate su marido, y de esta suerte
no culparán a nadie."

"¿Cómo será eso" dije yo, "que doña Magdalena vive tan

---

51 **Que muera...** *Magdalena must die*
52 **Que no que...** *Than for you to go on lost in sin as you are*
53 This is a biblical reference, 2 Samuel 11:1. King David spotted a woman bathing, Bathsheba, and so he inquired who she was. He was told, "Is this
not Bathsheba, the daughter of Eliam, the wife of Uriah the Hittite?" David
sends for her to come and "lay with him." From their act, Bathsheba becomes
pregnant. To conceal their sin, King David has Uriah killed before Uriah or
anyone else discovers the truth. He then married Bathsheba.
54 **Y dando...** *We discussed at great length how we would execute the
plan*

honesta y virtuosamente, que no hallará jamás su marido causa para hacerlo?"

"Eso es el caso" dijo la doncella; "ahí ha de obrar mi industria. Calla y déjame hacer, sin darte por entendida de nada; que si antes de un mes no te vieres° desembarazada de ella, me ten por la más ruda° y boba° que hay en el mundo."

= ves

stupid, foolish

"Dióme parte del modo, apartándonos las dos, ella, a hacer oficio° de demonio, y yo a esperar el suceso, con lo que cesó nuestra plática.° Y la mal aconsejada moza, y yo más que ella (que todas seguíamos lo que el demonio nos inspiraba), hallando ocasión, como ella la buscaba, dijo a don Dionís que su esposa le quitaba el honor, porque mientras él no estaba en casa, tenía 'trato ilícito° con Fernandico. Éste era un mozo de hasta edad de diez y ocho o veinte años, que había en casa, nacido y criado en ella, porque era hijo de una criada de sus padres de don Dionís, que había sido casada con un mayordomo° suyo, y muertos ya sus padres, el desdichado mozo se había criado en casa, heredando el servir, mas no el premio, pues fue muy diferente del que sus padres habían tenido; que éste era el que hallasteis muerto a la puerta de la cuadra donde estaba doña Magdalena. Era galán y 'de buenas partes,° y muy virtuoso, con que a don Dionís no se le hizo muy dificultoso el creerlo, si bien le preguntó que cómo le había visto; a lo que ella respondió que al ladrón de casa no hay nada oculto, que piensan las amas que las criadas son ignorantes. En fin, don Dionís le dijo que cómo haría para satisfacerse de la verdad."

work

chat

affair

butler

attractive

"Haz que° te vas fuera, y vuelve al anochecer, o ya pasado de media noche, y hazme una seña, para que yo sepa que estás en la calle" dijo la criada, "que te abriré la puerta y los cogerás° juntos."

pretend that

you will catch

"Quedó concertado° para de allí a dos días, y mi criada me dio parte de lo hecho; de que yo, algo temerosa, me alegré, aunque por otra parte me pesaba; mas viendo que ya no había remedio, 'hube de pasar,° aguardando el suceso. Vamos al endemoniado enredo, que voy abreviando, por la pena que me da referir tan desdichado suceso."

the plan was made

= tuve que pasar

"Al otro día dijo don Dionís que iba con unos amigos a

ver unos toros que se corrían en un lugar 'tres leguas° de Lisboa. Y apercibido su viaje, aunque Fernandico le acompañaba siempre, no quiso que esta vez fuera con él, ni otro ningún criado; que para dos días los criados de los otros le asistirían. Y con esto se partió el día a quien siguió la triste noche que me hallasteis. En fin, él vino solo, pasada de media noche, y hecha la seña, mi doncella, que estaba alerta, le dijo° se aguardase un poco, y tomando una luz, se fue al posento del mal logrado mozo, y entrando alborotada, le dijo:

"Fernando, mi señora te llama que vayas allá muy apriesa."

"¿Qué me quiere ahora mi señora?" replicó Fernando.

"No sé" dijo ella "más de que me envía muy apriesa a llamarte."

"Levantóse, y queriendo vestirse, le dijo:

"No te vistas, sino ponte esa capa y enchanclétate° esos zapatos, y ve a ver qué te quiere; que si después fuere° necesario vestirte, lo harás."

"Hízolo así Fernando y mientras él fue adonde su señora estaba, la cautelosa mujer abrió a su señor. Llegó Fernando a la cama donde estaba durmiendo doña Magdalena, y despertándola, le dijo:

"Señora, ¿qué es lo que me quieres?"

"A lo que doña Magdalena, asustada, como despertó y le vio en su cuadra, le dijo:

"Vete, vete, mozo, con Dios. ¿Qué buscas aquí? Que yo no te llamo."

"'Que como° Fernando lo oyó, se fue a salir de la cuadra, cuando llegó su amo al tiempo que él salía; que como le vio desnudo y que salía del aposento de su esposa, creyó que salía de dormir con ella, y dándole con la espada, que traía desnuda, dos estocadas, 'una tras otra,° le tendió en el suelo, sin poder decir más de '¡Jesús sea conmigo!' con tan doloroso acento, que yo, que estaba en mi aposento, bien temerosa y sobresaltada (como era justo estuviese quien era causa de un mal tan grande y autora de un testimonio tan cruel, y motivo de que se derramase aquella sangre inocente, que ya empezaba a clamar delante del tribunal supremo de la divina justi-

= three leguas 7.8
miles

= le dijo *que*

put on
= es

just then

one after another

cia), me cubrí con un sudor frío, y queriéndome levantar, para salir a estorbarlo, o que mis fuerzas estuviesen enflaquecidas, o que el demonio, que ya estaba señoreado de aquella casa, me ató de suerte que no pude."

"En tanto, don Dionís, ya de todo punto ciego con su agravio, entró adonde estaba su inocente esposa, que se había vuelto a quedar dormida con los brazos sobre la cabeza, y llegando a su puro y casto lecho,° a sus airados ojos y engañada imaginación sucio, deshonesto y violado con la mancha de su deshonor, le dijo:

    "¡Ah traidora, y cómo descansas en mi ofensa!"

    "Y sacando la daga, la dio tantas puñaladas, cuantas su indignada cólera le pedía. Sin que pudiese ni aun formar un ¡ay! desamparó aquella alma santa el más hermoso y honesto cuerpo que conoció el reino de Portugal."

    "Ya a este tiempo había yo salido fuera de mi estancia° y estaba en parte que podía ver lo que pasaba; bien perdida de ánimo y anegada° en lágrimas; mas no me atreví a salir. Y vi que don Dionís pasó adelante, a un retrete° que estaba consecutivo a la cuadra de su esposa, y hallando dos desdichadas doncellas que dormían en él, las mató, diciendo:

    "Así pagaréis, dormidas centinelas° de mi honor, vuestro descuido, dando lugar a vuestra alevosa° señora para que velase a quitarme el honor."

    "Y bajando por una escalera excusada° que salía a un patio, salió al portal, y llamando los dos pajes que dormían en un aposento cerca de allí, que a su voz salieron despavoridos, les pagó su puntualidad con quitarles la vida. Y como un león encarnizado° y sediento° de humana sangre, volvió a subir por la escalera principal, y entrando en la cocina, mató las tres esclavas que dormían en ella, que la otra había ido a llamarme, oyendo la revuelta° y llanto que hacía mi criada, que sentada en el corredor estaba; que, o porque se arrepintió° del mal que había hecho, cuando no tenía remedio, o porque Dios quiso le pagase,[55] o porque el honor de doña Magdalena no quedase manchado, sino que supiese el mundo que

bed

room

drowned

dressing room

guards

treacherous

back

voracious, thirsting

uproar

she repented

---

55 **O porque**... *Maybe because God wanted him to pay*

ella y cuantos habían muerto, iban sin culpa, y que sola ella
y yo la° teníamos, que es lo más cierto, arrimando una hacha   = la *culpa*
que el propio había encendido a la pared, que tan descarada-
mente siguió su maldad,[56] que para ir a abrir la puerta a su
señor, le pareció poca luz la de una vela, que, en dejándonos
Dios de su divina mano, pecamos, como si hiciéramos algunas virtudes.[57] Sin vergüenza de nada, se sentó y empezó a
llorar, diciendo:

"¡Ay, desdichada de mí, qué he hecho! ¡Ya no hay perdón
para mí en el cielo, ni en la tierra, pues por apoyar un mal con
tan grande y falso testimonio, he sido causa de tantas desdichas!"

"A este mismo punto salía su amo° de la cocina, y yo por   master
la otra parte, y la esclava que me había ido a llamar, con una
vela en la mano. Y como la oí, me detuve, y vi que llegando
don Dionís a ella, le dijo:

"¿Qué dices, moza, de testimonio y de desdichas?"

"¡Ay, señor mío!" respondió ella, "¿qué tengo de decir?
sino que soy la más mala hembra° que en el mundo ha naci-   female
do? Que mi señora doña Magdalena y Fernando han muerto
sin culpa, con todos los demás a quien has quitado la vida.
Sola yo soy la culpada, y la que no merezco vivir, que yo hice
este enredo, llamando al triste Fernando, que estaba en su
aposento dormido, diciéndole que mi señora le llamaba, para
que viéndole tú salir de la forma que le viste, creyeses° lo   = creerías
que yo te había dicho, para que, matando a mi señora doña
Magdalena, te casaras con doña Florentina, mi señora, resti-
tuyéndole y satisfaciendo, con ser su esposo, el honor que le
debes."

"¡Oh falsa traidora! Y si eso que dices es verdad" dijo don
Dionís, "poca venganza es quitarte una vida que tienes; que
mil son pocas, y que a cada una se te diese un género de
muerte."[58]

---

56 **El propio había**... *She set the torch in the wall (i.e. the plot in motion),
the very one she herself had lighted unashamedly to pursue her evil*

57 **Dejándonos Dios**... *For when God lets us fall from His divine hand,
we sin as if we were practicing virtue*

58 **Que mil**... *A thousand deaths would be far too few, and each one*

"Verdad es, señor; verdad es, señor, y lo demás, mentira. Yo soy la mala, y mi señora, la buena. La muerte merezco, y el infierno también."

"Pues yo te daré lo uno y lo otro" respondió don Dionís, "y restaure la muerte de tantos inocentes la de una traidora."[59]

"Y diciendo esto, la atravesó con la espada por los pechos contra la pared, dando la desdichada una gran voz, diciendo:

"Recibe, infierno, el alma de la más mala mujer que crió el Cielo, y aun allá pienso que no hallará lugar."

"Y diciendo esto, la rindió a quien la ofrecía."

"A este punto salí yo con la negra, y fiada° en el amor que me tenía, entendiendo amansarle° y reportarle, le dije:

"¿Qué es eso, don Dionís? ¿Qué sucesos son éstos? ¿Hasta cuándo ha de durar el rigor?"[60]

"Él, que ya a este punto estaba de la rabia y dolor sin juicio, embistió° conmigo, diciendo:

'Hasta matarte y matarme, falsa, traidora, liviana, deshonesta, para que pagues haber sido° causa de tantos males; que no contenta con los agravios que, con tu deshonesto apetito, hacías a la que tenías por hermana, no has parado hasta quitarle la vida."

"Y diciendo esto, me dio las heridas que habéis visto, y 'acabárame de matar° si la negra no acudiera° a ponerse en medio; que como la vio don Dionís, asió de ella, y mientras la mató, tuve yo lugar de entrarme en un aposento y cerrar la puerta, toda bañada en mi sangre. Acabando, pues, don Dionís con la vida de la esclava, y que ya no quedaba nada vivo en casa, 'si no era él,° porque de mí bien creyó que iba de modo que no escaparía, y insistido del demonio, puso el pomo° de la espada en el suelo y la punta en su cruel corazón diciendo:

"No he de aguardar° a que la justicia humana castigue mis delitos, que más acertado es que sea yo el verdugo° de la justicia divina."

trusting

placate him

attacked

= me habría matado, = habría acudido

except himself

I will not wait

executioner

---

should be a different kind of death

59 **Restaure la muerte**... *May death of one traitor redeem the deaths of all the innocent people*

60 **Ha de durar**... *Will your anger last?*

"Se dejó caer sobre la espada, pasando la punta a las espaldas, llamando al demonio que le recibiese el alma."

"Yo, viéndole ya muerto y que me desangraba, si bien con el miedo que podéis imaginar, de verme en tanto horror y cuerpos sin almas, que de mi sentimiento no hay que decir, pues era tanto, que no sé cómo no hice lo mismo que don Dionís, mas no lo debió de permitir Dios, porque se supiese un caso tan desdichado como éste, con más ánimo del que en la ocasión que estaba imaginé tener, abrí la puerta del aposento, y tomando la vela que estaba en el suelo, me bajé por la escalera y salí a la calle con ánimo de ir a buscar (viéndome en el estado que estaba) quien me confesase, para que, ya que perdiese la vida, no perdiese el alma. Con todo, tuve advertimiento° de cerrar la puerta de la calle con aquel cerrojo que estaba, y caminando con pasos desmayados por la calle, sin saber adonde iba, me faltaron, con la falta de sangre, las fuerzas, y caí donde vos, señor don Gaspar, me hallasteis, donde estuve hasta aquella hora y llegó vuestra piedad a socorrerme, para que, debiéndoos la vida, la gaste el tiempo que me durare en llorar, gemir[61] y hacer penitencia de tantos males como he causado y también en 'pedirle a Dios° guarde la vuestra°   = pedirle a Dios qu[e]
muchos siglos."   = *vida*

Calló con esto la linda y hermosa Florentina; mas sus ojos, con los copiosos raudales° de lágrimas, no callaron, que   flood
'a hilos° se desperdiciaban° por sus más que hermosas me-   by threads, were was[ted]
jillas, en que mostraba bien la pasión que en el alma sentía, que forzada de ella se dejó caer[62] con un profundo y hermoso desmayo, dejando a don Gaspar suspenso y espantado de lo que había oído, y no sé si más desmayado que ella, viendo que, entre tantos muertos como el muerto honor de Florentina había causado, también había muerto su amor; porque ni Florentina era ya para su esposa, ni para dama era razón que 'la procurase,° supuesto que la veía con determinación de   he pursued her
tomar más seguro estado que la librase de otras semejantes desdichas como las que por ella habían pasado; y se alababa

---

61 **La gaste**... *All the time that remains I shall spend in weeping, lamenting*

62 **Forzada de**... *Caused her to fall*

en sí de muy cuerdo en no haberle declarado su amor haſta saber lo que entonces había.

Y así, acudiendo a remediar el desmayo, con que eſtaba ya vuelta de él, la consoló, esforzándola con algunos dulces y conservas. Diciéndole cariñosas razones, la aconsejó que, en eſtando con más entera salud, el mejor modo para su reposo era entrarse en religión, donde viviría segura de nuevas calamidades; que en lo que tocaba a allanar el riesgo de la juſticia,[63] si hubiese alguno, él se obligaba al remedio, aunque diese cuenta a Su Majeſtad del caso, si fuese meneſter. A lo que la dama, agradeciéndole los beneficios que había recibido y recibía, con nuevas caricias le respondió que ése era su intento, y que cuanto primero se negociase y ejecutase, le haría mayor merced;[64] que ni sus desdichas, ni el amor que al desdichado don Dionís tenía, le daban lugar a otra cosa.[65]

Acabó don Gaspar con eſta última razón de desarraigar° y olvidar el amor que la tenía, y en menos de dos meses que tardó Florentina en cobrar fuerzas, sanar de todo punto y negociarse 'todo preſto,° que fue necesario que se diese cuenta a Su Majeſtad del caso, que dio piadoso el perdón de la culpa que Florentina tenía en ser culpable de lo referido, se consiguió su deseo, entrándose religiosa en uno de los más suntuosos conventos de Lisboa, sirviéndole de caſtigo su mismo dolor y las heridas que le dio don Dionís, 'supliendo el dote° y más gaſto la gruesa hacienda que había de la una parte y la otra, donde hoy vive santa y religiosísima vida, carteándose° con don Gaspar, a quien, siempre agradecida, no olvida, antes, con muchos regalos que le envía, agradece la deuda en que le eſtá. El cual, vuelto con Su Majeſtad a Madrid, se casó en Toledo, donde hoy vive, y de él mismo supe° eſte desengaño que habéis oído.

Apenas dio fin la hermosa Lisis a su desengaño, cuando la linda doña Isabel, como quien tan bien sabía su intención, mientras descansaba para decir lo que para dar fin a eſte en-

to uproot

completely

providing the dowry

writing letters

I learned

---

63 **Que en**... *As for any worry about having to go before the court*
64 **Y que**... *The sooner it could be negotiated and executed, the more grateful she would be*
65 **Le daban**... *There was no other option*

tretenido sarao faltaba, porque ya Lisis había comunicado
con ella su intento, dejando el arpa, y tomando una guitarra,
cantó sola lo que se sigue:

"Al prado,° en que espinas° rústicas   meadow, thorns
crían mis humores Sálicos,°   salty
que de ausencias melancólicas
es fruto que da mi ánimo,
salgo a llorar de un cruelísimo
olvido de un amor trágico,
que si fuera dichosísimo,
cantara en estilo jácaro.°   merry
Que como visión fantástica,
ni aun de mis ojos los párpados
vieron, pues con voz armónica
ganó en el alma habitáculo.°   entrance
Con sólo 'acentos científicos°   soft tones
goza de mi amor el tálamo,°   marriage celebration
si bien con olvido fúnebre[66]
le quita a mi vida el ámbito.°   space
Acentos congojadísimos
escuchan aquestos álamos;°   poplars
que° pena, sin culpa acérrima°   for, harsh
le dan al alma 'estos tártagos.°   its misfortune
No canto como oropéndola,°   warbler
ni cual jilguerillo° orgánico;   goldfinch
más lamento como tórtola°   dove
cuando está sola en el páramo.°   destitute land
Como fue mi amor platónico,
y en él no fue el fuego tácito,
no quiso, con fino anhélito,°   desire
ser trueno,° sino relámpago.°   thunder, lightning
Amo sólo por teórica,
pagándome con preámbulos,
y así ha olvidado, cruelísimo,
un amor puro y magnánimo.

---

66 **Si bien**... *Despite the mournful neglect*

¡Ay, prados y secos céspedes,°   grasses
montes y fríos carámbanos!°   icicles
Oíd en bascas armónicas
aquestos suspiros lánguidos.
Con mis lágrimas ternísimas,
vuestros arroyos cristálicos
serán ríos caudalísimos
con que crezca el mar hispánico.
Y si de mi muerte acérrima
viereis los temblores pálidos,
y mi vida cansadísima
dejare su vital tráfago,[67]
decilde al pájaro armónico
que con mal sentidos cánticos[68]
las aves descuidadísimas°   uncaring
cautiva al modo mecánico.
Como siendo ilustre héroe,
y de valor tan diáfano,°   sparkling
engaña siendo ilustrísimo,
fingiendo fuegos seráficos.°   angelic
Qué hay que esperar de los cómunes
sino desdichas y escándalos,
que mire a Teseo infélice
atado en el monte Cáucaso.[69]
Que si razones históricas,
con estilo dulce y práctico,
pone por cebo a las tórtolas
que viven con libre ánimo,
¿qué milagro que, en oyéndole,
se descuelguen de los pámpanos?[70]

---

67 **Dejare su vital…** *It will give up its vital labor*
68 **Que con…** *With their unheard songs*
69 **Teseo** In Greek mythology, Prometheus stole sacred fire from Zeus and other gods. In punishment, Zeus ordered him chained to Caucasus for eternity. Each day an eagle would come and eat his liver, but every day it grew back. Therefore, the punishment was an endless one until Heracles finally killed the bird.
70 **Se descuelguen…** *They free themselves from the vine roots*

¿Ni qué milagro que, ardiéndose,
quede aturdida, cual tábano?[71]
Que si la mira benévola,
es estilo fiero° y áspero,   wild
5 que volando ligerísimo°   swiftly
la deje en amargo° tártago.   bitter
Que aunque a su bella oropéndola
amase, es estilo bárbaro,
siendo este amor tan castísimo°   so chaste
10 darle pago tan tiránico.
Que en tiempo dilatadísimo
no se ha visto en mi habitáculo
de su memoria mortífica°   deadly
ni en su voluntad un átomo.°   trace
15 Que si amara 'lo intelético,°   with understanding
no le pesara ser Tántalo,[72]
ni olvidara facilísimo
tiernos y dulces diálogos.
Esto cantaba una tórtola
20 con ronco° y fúnebre cántico,   hoarse
sentada en un ciprés fúnebre,[73]
que estaba en un seco páramo.

 'Bien ventilada° me parece que queda, nobles y discretos thoroughly aired
25 caballeros, y hermosísimas damas" dijo la bien entendida Lisis, viendo que doña Isabel había dado fin a su romance, "la
defensa de las mujeres, por lo que 'me dispuse a° hacer esta I proposed

---

 71 **Ni qué**... *What a miracle for her, burning up, to feel as confused as a gadfly?*
 72 **Tántalo** In Greek Mythology, Tantalus, son of Zeus, was favored by mortals. However, he abused the guest-host relationship and was punished. The castigation entailed enticing him with copious amounts of food and water, but making sure that both sources of nourishment were always just out of his reach.
 73 **El ciprés** The Cypress Tree is a common symbol of spiritual immortality. Throughout Europe, including Spain. Cypress trees dot cemetery landscapes.

segunda parte de mi entretenido y honesto sarao; pues, si bien confieso que hay muchas mujeres que, con sus vicios y yerros, han dado motivo a los hombres para la mucha desestimación que hoy hacen de ellas, no es razón que, hablando en común, las midan° a todas con una misma medida.° Que lo cierto es que en una máquina tal dilatada y extendida como la del mundo, ha de haber buenas y malas, como asimismo hay hombres de la misma manera; que eso ya fuera negar la gloria a tantos santos como hay ya pasados de esta vida, y que hoy se gozan con Dios en ella, y la virtud a millares de ellos que se precian de ella. Mas no es razón que se alarguen° tanto en la desestimación de las mujeres, que, sin reservar a ninguna, como pecado original, las comprendan a todas.[74] Pues, como se ha dicho en varias partes de este discurso, las malas no son mujeres, y no pueden ser todas malas, 'ya que eso fuera° no haber criado Dios en ellas almas para el cielo, sino monstruos que consumiesen el mundo."

"Bien sé que me dirán algunos: '¿Cuáles son las buenas, supuesto que hasta en las de alta jerarquía se hallaron hoy travesuras° y embustes?'° A eso respondo que ésas son más bestias fieras que las comunes, pues, olvidando las obligaciones, dan motivo a desestimación, pues ya que su mala estrella las inclina a esas travesuras, tuvieran más disculpa si se valieran del recato. Esto es, si acaso a las deidades comprende el vicio, que yo no lo puedo creer, antes me persuado que algunas de las comunes, pareciéndoles ganan estimación con los hombres, se deben (fiadas de un manto°) de vender por reinas, y luego se vuelven a su primero ser, como las damas de la farsa.° Y como los hombres están dañados contra ellas, luego creen cualquiera flaqueza suya, y para apoyar su opinión dicen hasta las de más obligación ya no la guardan. Y aquí se ve la malicia de algunos hombres, que no quiero decir todos aunque en común han dado todos en tan noveleros,° que por ser lo más nuevo el decir mal de las mujeres, todos dicen que lo que se usa no se excusa.[75] Lo que me admira es

they are measured, stick

they expand

= querría decir que

deception, fraud

cloak

play

storytellers

---

74 **Mas no...** *It's not right for men to expand their disregard for women and apply it to all women without the exception as if it were the original sin*

75 **Todos dicen...** *Just because the trend is to speak ill of women, that's*

que los nobles, los honrados y virtuosos, se dejan ya llevar de
la 'común voz,° sin que obre en ellos ni la nobleza de que el   common talk
Cielo los dotó, ni las virtudes de que ellos se pueden dotar, ni
de las ciencias que siempre eſtán eſtudiando, pues por ellas
pudieran sacar, como tan eſtudiosos, que hay y ha habido, en
las edades pasadas y presentes, muchas mujeres buenas, santas, virtuosas, eſtudiosas, honeſtas, valientes, firmes y cons-
tantes."

"Yo confieso que en alguna parte tienen razón, que hay
hoy más mujeres viciosas y perdidas que ha habido jamás;
mas no que falten tan buenas que no excedan el número de
las malas. Y tomando de más atrás el apoyar eſta verdad, no
me podrán negar los hombres que en las antigüedades no ha
habido mujeres muy celebradas, que eso fuera° negar las in-   = sería
numerables santas de quien la Iglesia canta: tantas mártires,
tantas vírgenes, tantas viudas y continentes,° tantas que han   pure
muerto y padecido en la crueldad de los hombres; que si eſto
no fuera así, poco paño° hubieran tenido eſtas damas desen-   material
gañadoras en qué cortar sus desengaños, todos tan verdade-
ros como la misma verdad; tanto, que les debe muy poco la
fábula, pues, haſta para hermosear,° no han tenido necesidad   to embellish
de ella."

"¿Pues qué ley humana ni divina halláis, nobles caballe-
ros, para precipitaros° tanto contra las mujeres, que apenas se   hurl yourselves
halla uno que las defienda, cuando veis tantos que las persi-
guen? Quisiera preguntaros si cumplís en eſto con la obligación 'de serio,° y lo que prometéis cuando os ponéis en los   nobility
pechos las insignias de serio, y si es razón que lo que juráis
cuando os las dan, no lo cumpláis. Mas pienso que ya no las
deseáis y pretendéis, sino por gala,° como 'las medias de pelo°   adornment, silk stock
y las guedejas.° ¿De qué pensáis que procede el poco ánimo   ings; curly locks
que hoy todos tenéis, que sufrís que eſtén los enemigos den-
tro de España, y nueſtro Rey en campaña, y vosotros en el
Prado y en el río, llenos de galas y trajes femeniles, y los pocos
que le acompañan, suspirando por 'las ollas de Egipto?° De la   fleshpots of Egypt
poca eſtimación que hacéis de las mujeres, que a fe que, si las

no excuse

estimarais° y amárades,° como en otros tiempos se hacía, por [= estimas, = amas]
no verlas en poder de vuestros enemigos, vosotros mismos
os ofreciérades,° no digo yo a ir a la guerra, y a pelear, sino [= ofreces]
a la muerte, poniendo la garganta al cuchillo, como en otros
tiempos, y en particular en el del rey don Fernando el Católico se hacía, donde no era menester llevar los hombres por
fuerza, ni maniatados,° como ahora (infelicidad y desdicha [hands tied]
de nuestro católico Rey), sino que ellos mismos ofrecían sus
haciendas y personas: el padre, por defender la hija; el hermano, por la hermana; el esposo, por la esposa, y el galán por la
dama. Y esto era por no verlas presas y cautivas, y, lo que peor
es, deshonradas, como me parece que vendrá a ser si vosotros
no os animáis a defenderlas. Mas, como ya las tenéis por el
alhaja° más vil y de menos valor que hay en vuestra casa, no [jewel]
se os da nada de que vayan a ser esclavas de otros y en otros
reinos; que a fe que, si los plebeyos os vieran a vosotros con
valor para defendernos, a vuestra imitación lo hicieran todos.
Y si os parece que en yéndoos a pelear os han de agraviar y
ofender, idos todos, seguid a vuestro rey a defendernos, que
quedando solas, seremos Moisenes, que, orando,° vencerá Jo- [praying]
sué.[76]

   ¿Es posible que nos veis ya casi en poder de los contra-
rios, pues desde donde están adonde estamos no hay más
defensa que vuestros heroicos corazones y valerosos brazos,
y que no os corréis de estaros en la Corte, ajando° galas y [donning]
'criando cabellos,° hollando° coches y paseando prados, y que [curling your hair, galli-]
en lugar de defendernos, nos quitéis la opinión y el honor, [vanting]
contando cuentos que os suceden con damas, que creo que
son más invenciones de malicia que verdades; alabándoos de
cosas que es imposible sea verdad que lo puedan hacer, ni aun
las públicas rameras,° sólo por llevar al cabo vuestra dañada [whores]
intención, todos efecto de la ociosidad en que gastáis el tiem-

---

76 **Moisenes** Moses, acting at God's behest, leads the Jews out of slavery
and guides the freed slaves for forty years in the wilderness and prepares the
Jews to enter the land of Canaan. Moses shows a deep, almost obsessive com-
mitment to fighting injustice. He intervenes when a non-Jew oppresses a Jew,
when two Jews fight, and when non-Jews oppress other non-Jews. Joshua, di-
vinely appointed, becomes Moses successor to lead the conquest of Canaan.

po en ofensa de Dios y de vuestra nobleza? ¡Que esto hagan
pechos españoles![77] ¡Que esto sufran ánimos castellanos![78]
Bien dice un héroe 'bien entendido° que los franceses os 'han   clever
hurtado° el valor, y vosotros a ellos, los trajes."   have stolen

"Estimad y honrad a las mujeres y veréis cómo resucita
en vosotros el valor perdido. Y si os parece que las mujeres no
os merecen esta fineza, es engaño, que si dos os desobligan°   offend
con sus malos tratos, hay infinitas que los tienen buenos. Y
si por una buena merecen perdón muchas malas, merézcanle las pocas que hay por las muchas buenas que goza este
siglo,[79] como lo veréis si os dais a visitar los santuarios de
Madrid y de otras partes, que son más en número las que
veréis frecuentar todos los días los sacramentos, que no las
que os buscan en los prados y ríos. Muchas buenas ha habido
y hay, caballeros. Cese ya, por Dios, vuestra 'civil opinión,°   unworthy opinion
y no os dejéis llevar del vulgacho° novelero, que cuando no   vulgarity
hubiera habido otra más que nuestra serenísima y santa reina,
doña Isabel de Borbón (que Dios llevó, porque no la merecía
el mundo, la mayor pérdida que ha tenido España), sólo por
ella merecían buen nombre las mujeres, salvándose las malas
en él, y las buenas adquiriendo gloriosas alabanzas; y vosotros se las deis de justicia, que yo os aseguro que si, cuando
los plebeyos hablan mal de ellas, supieran que los nobles las
habían de defender, que de miedo, por lo menos, las trataran
bien; pero ven que vosotros escucháis con gusto sus oprobios,
y son como los truhanes, que añaden libertad a libertad, desvergüenza a desvergüenza y malicia a malicia."

"Y digo que ni es caballero, ni noble, ni honrado el que
dice mal de las mujeres, aunque sean malas, pues las tales se
pueden librar en virtud de las buenas. Y en forma de desafío,
digo que el que dijere° mal de ellas no cumple con su obligación. Y como he tomado la pluma, habiendo tantos años
que la tenía arrimada, en su defensa, tomaré la espada para lo
mismo, que los agravios sacan fuerzas donde no las hay; no

---

77 **¡Qué esto...** *So this is the Spanish valor!*
78 **¡Qué esto...** *How can the Spanish spirit tolerate this!*
79 **Merézcanle las pocas...** *Let the many good women earn pardon for
the bad ones*

por mí, que no me toca, pues me conocéis por lo escrito, mas no por la vista, sino por todas, por la piedad y lástima que me causa su mala opinión."

"Y vosotras, hermosas damas, de toda suerte de calidad y estado, ¿qué más desengaños aguardáis que el desdoro de vuestra fama en boca de los hombres? ¿Cuándo os desengañaréis de que no procuran más de derribaros° y destruiros, y luego decir aún más de lo que con vosotras les sucede? ¿Es posible que, con tantas cosas como habéis visto y oído, no reconoceréis que en los hombres no dura más la voluntad que mientras dura el apetito, y en acabándose, se acabó? Si no, conocedlo en el que más dice que ama una mujer: hállela en una niñería,[80] a ver si la perdonará, como Dios, porque nos ama tanto, nos perdona cada momento tantas ofensas como le hacemos."

to topple you

"¿Pensáis ser más dichosas que las referidas en estos desengaños? Ése es vuestro mayor engaño; porque cada día, como el mundo se va acercando al fin, va todo de mal en peor. ¿Por qué queréis, por veleta° tan mudable como la voluntad de un hombre, aventurar la opinión y la vida en las crueles manos de los hombres? Y es la mayor desdicha que quizá las no culpadas mueren, y las culpadas viven; pues no he de ser yo así, que en mí no ha de faltar el conocimiento que en todas."

fickle

"Y así, vos, señor don Diego" prosiguió la sabia Lisis, vuelta al que aguardaba verla su esposa, "advertid que no será razón que, deseando yo desengañar, me engañe; no porque en ser vuestra esposa puede haber engaño, sino porque no es justo que yo me fíe de mi dicha, porque no me siento más firme que la hermosa doña Isabel, a quien no le aprovecharon tantos trabajos como en el discurso de su desengaño nos refirió, de que mis temores han tenido principio. Considero a Camila, que no le bastó para librarse de una desdicha ser virtuosa, sino que, por no avisar a su esposo, sobre morir, quedó culpada. Roseleta, que le avisó, tampoco se libró del castigo. Elena sufrió inocente y murió atormentada. Doña

---

80 **Hállela en...** *Catch her acting childish*

Inés no le valió el privarla el mágico con sus enredos y encantos el juicio; ni a Laurela el engañarla un traidor. Ni a
doña Blanca le sirvió de nada su virtud ni candidez. Ni a
doña Mencía el ser su amor sin culpa. Ni a doña Ana el no
tenerla, ni haber pecado, pues sólo por pobre perdió la vida.
Beatriz hubo menester todo el favor de la Madre de Dios
para salvar la vida, acosada de tantos trabajos, y esto no todas
le merecemos. Doña Magdalena no le sirvió el ser honesta y
virtuosa para librarse de la traición de una infame sierva,° de   maid
que ninguna en el mundo se puede librar; porque si somos
buenas, nos levantan un testimonio, y 'si ruines,° descubren   if it were bad
nuestros delitos. Porque los criados y criadas son animales
caseros° y enemigos no excusados, que los estamos regalando   domestic
y gastando con ellos nuestra paciencia y hacienda, y al cabo,
como el león, que harto el leonero de criarle y sustentarle, se
vuelve contra él y le mata, así ellos, 'al cabo al cabo,° matan a   in the long run
sus amos, diciendo lo que saben de ellos y diciendo lo que no
saben, sin cansarse de murmurar de su vida y costumbres. Y
es lo peor que no podemos pasar sin ellos, por la vanidad, o
por la honrilla."[81]

"Pues si 'una triste vidilla° tiene tantos enemigos, y el   one weary little life
mayor es un marido, pues, ¿quién me ha de obligar a que
entre yo en lid° de que tantas han salido vencidas, y saldrán   fray
mientras durare° el mundo, no siendo más valiente ni más   = dure
dichosa? Vuestros méritos son tantos, que hallaréis esposa
más animosa y menos desengañada; que aunque no lo estoy por experiencia, lo estoy por ciencia. Y como en el juego,
que mejor juzga quien mira que quien juega,[82] yo viendo, no
sólo en estos desengaños, mas en lo que todas las casadas me
dan, unas lamentándose de que tienen los maridos jugado-
res;° otras, amancebados,° y muchas de que no atienden a su   gamblers, cheaters
honor, y por excusarse de dar a su mujer una gala,° sufren que   dress
se la dé otro. Y más que, por esta parte, al cabo de desenten-

81   All the women referenced in this paragraph (i.e. Camila, Roseleta,
Doña Inés, etc.) are main characters of the ten **desengaños** told at Lisis's
Sarao, which serves as the framing tale narrative.

82   **Y como**... *As in any game, the one who knows who his partners are
plays best*

derse,° se dan a entender, con quitarles la vida, que fuera más
bien empleado quitársela a ellos, pues fueron los que dieron
la ocasión, como he visto en Madrid; que desde el día que se
dio principio a este sarao, que fue 'martes de carnestolendas°
de este presente año de mil seiscientos cuarenta y seis, han
sucedido muchos casos escandalosos; estoy tan cobarde, que,
como el que ha cometido algún delito, me acojo° a sagrado
y tomo por amparo el retiro de un convento, desde donde
pienso (como en talanquera°) ver lo que sucede a los demás.
Y así, con mi querida doña Isabel, a quien pienso acompa-
ñar mientras viviere,° me voy a salvar de los engaños de los
hombres."

"Y vosotras, hermosas damas, si no os desengaña lo escrito, desengáñeos lo que me veis hacer. Y a los caballeros,
por despedida suplico° muden° de intención y lenguaje con
las mujeres, porque si mi defensa por escrito no basta, será
fuerza que todas tomemos las armas para defendernos de sus
malas intenciones y defendernos de los enemigos, aunque no
sé qué mayores enemigos que ellos, que nos ocasionan a mayores ruinas que los enemigos."

Dicho esto, la discreta Lisis se levantó, y tomando por la
mano a la hermosa doña Isabel, y a su prima doña Estefanía por la otra, haciendo una cortés reverencia, sin aguardar
respuesta, se entraron todas tres en otra cuadra, dejando a su
madre, como ignorante de su intención, confusa; a don Diego, desesperado, y a todos, admirados de su determinación.

Don Diego, descontento, con bascas de muerte, sin despedirse de nadie, se salió de la sala; dicen que se fue a servir al
rey en la guerra de Cataluña, donde murió, porque él mismo
se ponía en los mayores peligros.

Toda la gente, despidiéndose de Laura, dándole muchos
parabienes del divino entendimiento de su hija, se fueron
a sus casas, llevando unos qué admirar, todos qué contar y
muchos qué murmurar del sarao; que hay en la Corte gran
número de 'sabandijas legas,° que su mayor gusto es decir
mal de 'las obras ajenas,° y es lo mejor que no las saben entender.

Otro día, Lisis y doña Isabel, con doña Estefanía, se fue-

feigning ignorance

Tuesday before the start of Lent

I take refuge

safety barricade

= yo viva

= suplico que, change

ignorant vermin

others' works

ron a su convento con mucho gusto. Doña Isabel 'tomó el hábito,° y Lisis se quedó seglar. Y en poniendo Laura la hacienda en orden, que les rentase lo que habían menester, se fue con ellas, por no apartarse de su amada Lisis, avisando a su madre de doña Isabel, que como supo dónde estaba su hija, se vino también con ella, tomando el hábito de religiosa, donde se supo cómo don Felipe había muerto en la guerra.

<small>became a nun</small>

A pocos meses se casó Lisarda con un caballero forastero,° muy rico, dejando mal contento a don Juan, el cual confesaba que, por ser desleal a Lisis, le había dado Lisarda el pago que merecía, de que le sobrevino una peligrosa enfermedad, y de ella un frenesí, con que acabó la vida.

<small>foreign</small>

Yo he llegado al fin de mi entretenido sarao; y, por fin, pido a las damas que se reporten en los atrevimientos, si quieren ser estimadas de los hombres; y a los caballeros, que muestren serlo, honrando a las mujeres, pues les está tan bien, o que se den por desafiados porque no cumplen con 'la ley de caballería° en no defender a las mujeres. VALE.°

<small>laws of chivalry, farewell</small>

Ya, ilustrísimo Fabio, por cumplir lo que pedistes de que no diese trágico fin a esta historia, la hermosa Lisis queda en clausura, temerosa de que algún engaño la desengañe, no escarmentada° de desdichas propias. No es trágico fin, sino el más felice que se pudo dar, pues codiciosa° y deseada de muchos, 'no se sujetó° a ninguno. Si os duran los deseos de verla, buscadla con intento casto, que con ello la hallaréis tan vuestra y con la voluntad tan firme y honesta, como tiene prometido, y tan servidora vuestra como siempre, y como vos merecéis; que hasta en conocerlo 'ninguna le hace ventaja.°

<small>wary</small>

<small>covetous</small>

<small>she didn't subject herself</small>

<small>no one has the advantage over her</small>

Spanish-English Glossary

This glossary contains all of the words listed in the margins. That way, they may be looked up if they appear later in the text. Additionally, you will find other words from the text with which you may not be familiar.

A
abonado trustworthy
aborrecer to hate
aborrecido hated
acabarse to kill oneself
acariciar to caress
acaso in fact
acendrado refined
acento tone
acercarse to approach
acero steel
acérrima harsh
acertadamente evidently
acertado right
acertar to guess
achaque affliction
acogerse to take refuge
acomodarse to place oneself
acordarse to remember
acudir to turn to, to crowd
adelantar to excel
aderezar to instruct
aderezo treatment
adivinar to guess
admirarse to be awestricken
advertimiento wherewithal
afable polite
afear to condemn
afecto affection
aficionarse de to fall for
afligido upset
afrentado dishonored
afrontas offenses
agareno Muslim

agasajado valued
agasajo attentions, kindness
agrado modesty
agraviado aggrieved
agraviar to offend
agravio affront
aguardar to wait
águila eagle
agujero nook
ahogado choked
ahorcado hanged man
airado angry
ajado worn out , severed
ajar to don
ajenos outsiders
ajusticiar to execute
al cabo al cabo in the long run
alabado lauded
alabanza praise
alabar to praise
alagar el paso to hang back
alagarse to expand
álamo poplar tree
alba dawn
albergarse to stay, seek shelter
albergue shelter
alboratado agitated, excited
alborotarse to agitate
alcanzar to succeed, to obtain, to accomplish
alcoba bedroom
aldeano villager
alegar to cite
alentar to encourage

alfiler pin
alhaja jewel
alma soul
almohadilla sewing cushion
altivo arrogant
alumbrar to reveal
alzar to raise
amancebado cheater
amansarle to placate someone
amargo bitter
ámbito space
amedrentar to terrify
amistad friendship
amo master, owner
amo servant
amparo protection, comfort
añadir to add
ancas, a las behind
andar to wander
anegado drowned
anhélito desire
animalejos lice
animar encourage
ánimo spirit, courage
anochecer to get dark
antesala front room
anudar to pull close
apaciguar to calm
apagar to extinguish
apartar to separate
apercibimiento warning
apercibir to furnish
aposento apartment, little room
apremios pressures
apretado ajar
apretado de corazón faint-hearted
apriesa rapidly
aprobar to approve
aprovechado rewarded
aprovechar to enjoy
apurado extreme
apurarle a uno to press someone (on
    something)
aquietar to calm
arañar to scratch
arder to burn
arpado melodious
arraigado established
arrancar to pull
arremeter to attack

arreo wardrobe
arrepentido repentant
arrepentirse to repent
arriesgar to risk
arrimado close to, leaning
arrimar la espuela to spur on
arrimarse to cling
arrodillarse to kneel
arrojado lying down
arrojarse to throw oneself
arroyo river
Arzobispo Archbishop
asentado inserted
asido held
asiento estate
asimismo at the same time , of one's
    own, also
asir to grasp
asomar to appear
asombro epitome
áspero harsh
astucia cleverness
ataduras reins
atajar to intertcept
atender to pay heed
átomo trace
atreverse a dare to
atrevido daring
atrevimiento audacity
atropellar to trample
auditorio audience
aumento increase
aurora dawn
ausencia absence
aventajado highest (class level)
aventajar to surpass
aventajarse to have the advantage
aventurarse to take a risk
averiguados proof
averiguar to check , to find out
avisar to warn
aviso warning
azotes lashes
azucena lily

B
bachiller(a) learned person
bachillerías nonsense
ballenas laces (of a corset)
bárbaro foolish

basca illness, mortal pain
bayeta flannel
bestia beast
bizarría finery
bizcocho biscuit
blando soft
bobeamiento follies
bobillo foolish man
bobo foolish
boca abajo face down
bolsilla pouch
bordar to stitch
bramante twine
brío elegance
bronce bronze
buenas partes, de attractive
bufido snort
bujía oil lamp
burla joke, trick

C

caballero gentleman
cabecera pillow
cabello hair
cabo side
cadalso gallows
callar to be silent
calzarse to put on one's shoes
cámara chambers
camisa night shirt
campear to blossom
cansarse to waste one's time, to exert oneself
cantilena a type of love song
capa cloak
carámbano icicle
carecer to desire
cargar to lavish
cargarse to hoist, carry
caricias affections, caresses
caro dear(ly)
cartearse to write letters
casero domestic
castigar to punish
casto chaste
caudal riches
caudaloso overflowing
cautiverio captivity
cautivo prisoner
cauto craftily, cautious

cavado deep
cavar to dig
caza hunting
cebada barley
cebo bait
cegar to blind
celar to guard
celosía window lattice
cenador bower
cendal shroud
ceniza ash
ceño reproach
centinela guard
cera wax
cercar to surround
cerrojo latch
cesar to stop
césped grass
chinela slipper
ciego blind
cirujano surgeon
civil base, vile
clavado nailed
cobranza retrieval
cobrar sentido to regain consciousness
codicioso covetous
coger to catch
cólera rage
colgado hung
colgar to hang
colmo culmination
con grillos manacled
conceder to grant
concedido granted
condición severity
conforme a according to
congoja complaint
congojado sorrowful
consagrar to consecrate
consentir to permit
consuelo comfort
continente pure
convenir to be in one's interest
corregidor mayor
correr el riesgo to run the risk
corriente torrent
costa de, a at the cost of
criado servant
criar cabellos to curl one's hair

criar to make
criarse to breed, to raise
cuadra room
cuadro flowerbed
cuán how
cuanto as much as
cuarterón quarter pound
cuclillas, en crouching
cuenta accountability
cuerda rope, string (on instrument)
cuerdo prudent, wise
cueva cellar
cuidado worry, attention, care
 cuitado troubled
culpa blame
culto sophisticated

D
dádiva gift
daga dagger
daño harm, damage
dar estado to arrange a marriage
dar vueltas to toss and turn
dar(le/se) cuenta de to realize, to
   make known
decoro decorum
dejarse to allow oneself
deleitable delightful
delito crime
depositar to place
deprender to learn
derecho directly
derogar to appeal
derramar to cry (literally to spill)
derribar to topple
derritido melted
desabridamente unpleasantly
desabrido ill-tempered , depressed,
   harsh
desabrimiento reserve, rebuff
desacierto mistake
desafío challenge
desamar to despise
desamparado abandoned
desangrado bloodless
desapego indifference
desarraigar to uproot
desastrado tragic
desatinado furious
descalzo barefoot

descaminado on track
descomedimiento rudeness
desconcierto imprudent action
desconsolarse to resent
descuidado careless, resolved
descuido inattention
desdén disdain
desdeñoso disdainful
desdicha misfortune
desdoro dishonor
desembarazado free of impediment
desembargar to free
desembargar to free
desenfrenadamente without
   restraint
desenfrenado unbridled
desengañador(a) disenchanter
desengaño disillusionment
desentenderse to feign ignorance
desentrañar to get to the bottom of
desenvainar to unsheathe
desenvoltura outburst
desenvoltura outburst, liberty
desestimar to under value
desflaquecida weakened
desfraudado disillusioned
desgracia bad luck
deshacer to decompose
deshojada leafless
deslealtad disloyalty
deslucimiento dullness
deslumbrar to conceal
desmán stain
desmayo fainting spell
desnudar to undress
desobligar to offend
despavorido terrorized
despedirse to bid farewell
despegado indifferent
despeñar to plunge
desperdiciar to waste
despojo spoiled
desposar to marry
desprecio contempt
desterrado exiled
destreza skill
desvanecer to fade away, to awaken
desvelado unable to sleep
desvelos troubles (lit. sleepless
   nights)

desvergüenza shamelessness
desviado averted
desvío inconstancy
deudo relative
devaneo nonsense
diáfano sparkling
dicha good fortune, happiness
dichoso lucky
diestro skilled
difunto dead person
dilatado long (time)
dilatar delay, postpone
diligencia investigation
diligenciarse to elicit
dirigir to direct
disfraz costume
disimulación concealment
disimulado concealed
disponerse a to propose
dispuesto a willing to
doblar to turn
don reward
donaire comeliness, grace
doncella single woman (virgin)
dorar to gild
dote dowry, gift
dulzura sweetness

E
echado prompted , lying
embelesado stunned , entranced
embestir to attack
embuste fraud, trick
embustero trickster
empacho shame
empantanado unsettled
emparedamiento wall
empeñar to insist
encaminado enclosed
encantado enchanted
encanto charm
encarecer to emphasize
encarecerse to grow larger
encarecimiento urgency
encarnizado voracious
encender to light
enchanclarse to put on one's shoes
encomendado a in the trust of
encomendarse to trust oneself
encubrir to conceal

endecha mournful song
endemoniado devilish
enfadoso irritated
enflaquecer to weaken
engaño deception
engolfarse to engulf
engolosinar to entice
engrandecer to exaggerate
enjugar to wipe away
enlazar to entangle
enmarañado tangled
enmendar to change
enmienda amendment
enmudecer to fall silent
enredado tangled
enredo web, scheme
ensillar to saddle
enternecer to move or affect
enterrrar to bury
entregar to return
entretenerse to entertain oneself
entristecerse to become sad
envejecerse to grow old
enviar to send
enviudar to be widowed
escalón stair
escarmentado wary
escarmiento punishment
esclavo slave
escogido choosen; selected
esconder to hide
escribanía pen
esforzar to push
espada sword
espantarse to be amazed
espeso thick
espina thorn
esta suerte, de in this form
estallido explosion
estambre stem
estancia room
estar presto a to be willing to
estar sobrado to be well off
estimar to respect
estocada stab wound
estorbarse to hinder
estorbo nuisance, obstacle
estrado couch, platform, parlor
estrago slaughter
estremecer to shake

excusado back exit
excusar to avoid
extrañar to be unfamiliar with

F
fábrica structure (architecture)
faldellín petticoat
fallido depleted
faltarle a uno to lack something
faltriquera pocket
farol lamp
farolillo latern
farsa play (comedy)
ferreruelo cape
fiado trusting, aware
fiarse de to trust, to confide in
fiel loyal
fiero wild, cruel
finezas gallantries
fingido feigned, false
fingimiento figment
fingir to pretend
firmeza constancy
fiscal prosecuting attorney
flaqueza weakness
flojo loose
forastero foreign
fortuna fate
freno deterrent
fuera de sentido unconscious
fuga disappearance
fulana so-and-so
fundado founded

G
gala adornment
galán suitor
galanteo amorous demonstration
galantería gallantry
galera ship
gallardía nobleness
gallardo elegant
garabato hook
garbo garb, clothing
garfio hook
garza purple heron (ref. woman)
gentilhombre gentleman
golpe, de suddenly
gozar to enjoy
gracias charms

granjear to win over
grave serious
gravedad reserve
grueso thick
guedejas curly locks
gustoso pleasant

H
habilidad skill, talent
habitáculo entrance
hacer caso to pay heed
hacer elección to choose
hacer lisonja to seek pleasure
hacer señal to signal
hacha axe
hacienda wealth, estate
halagos flattery
hallar to find
hebra thread
hediondo foul-smelling
hembra female
heredero heir
herida wound
hermosear to embellish
hervorear to teem
hilo thread
hincado de rodilla on bended knee
hoguera bon fire
holguras diversions
hollar to gallivant
horas prayer book
hoyo pit
hueco niche
huirse to flee
humilladero alter/shrine
hundirse to bury
hurtar to steal

I
ilustre nobleman
importunado bothered
inconvenientes obstacles
indomable untamed
ingrato cruel
inmundicias excrement
inorancia innocence
instruido instructed
invención fabrication
ira anger

J

jácaro merry
jarro jug
jilguerillo goldfinch
jornalejo labor
juez judge
juicio judgment
juramento oath
jurar to swear
justillo corset
juzgar to judge

L

laberinto maze
lágrimas tears
lance sword
lascivo lascivious
lecho bed
lega vermin
lego ordinary people
lenguaje style, vocabulary
ley de caballería law of chivalry
lid fray
lienzo handkerchief
lisonjero fleeting
liviano fickleness , immoral
llevarse bien to get along well
lobo wolf
lucido lavish
luego right away

M

macilento pale
madeja skein
madrugar to awake early (at dawn)
mal correspondido unrequited
malaconsejado ill-advised
maldad evil
malicia suspicion
malograr to belie
maña skill, dexterity
mancebo gallant, young man
manchar to stain
maniatado handtied
manojos, a in fistfuls
manto cloak
maravilla great wonder, enchantment
marfil ivory
mármol marble

mas but
matar to blow out, extinguish
mayorazgo the oldest
mayordomo butler
medianamente thoroughly
mediante through
medias de pelo silk stockings
medir to measure
menester necessary
menoscabo lessening
mentira lie
menudo, a often
merecedor deserving person
merecer to deserve
milagro miracle
mocedad youth
morada dwelling
mortífico deadly
movedizo loose
mozo young man
mudar to move, to change
mullido soften

N

nacer to be born
natural nature, talent
necio foolish
negar to deny
nigromántico negromancer
novelero storyteller

O

obrar to work
ocasionar to cause
ocaso sunset
ociosidad leisure
oficio work
olla pot
olvido forgetfulness
opinión reputation
oprobios insults
orar to pray
oro gold
oropéndola warbler
ortogar to repay
osar to dare
oscuro darkness
ostentación display
oye cry

P
padecer to suffer
paje page
paño material
papel role
parabienes congratulations
páramo destitute land
pareceres opinions
partirse to split, to leave
parto giving birth
Pascua Easter
paso close to, step
paso tirade, a to flit
pasos footsteps
pecar to sin
pedazo shred
pellejo skin
pena pain, effort
peña peak
pendencia struggle
penoso painful
perdición damnation
pesado annoying
pesadumbre regret, sorrow
pesar de sorrow
pesar to worry, to grieve
pesaroso sad
pestañear to blink
piedad pity
pisada foot step
pisar to step on
placeta square
plano, de flat out
plática chat
plebeyo plebeian, commoner
pleito lawsuit
pliego sheet
pocos lances, a in short order
poner en cobro to take care of
ponerse de pie to rise to one's feet
porfiado stubborn
posada lodging
postigo small door
postrar to place
potencia power
prado meadow
precipitado hasty
precipitarse to hurl oneself
premio reward
prenda positive quality, pawn,

guarantee
prender to catch
preso prisoner
presto soon
prevenir(se) to plan, to prepare
    oneself
privado lacking
privar to deprive
proceder to originate
procurar to try, to get
puñal dagger
puño hilt

Q
quedarse to wait
quejarse to complain
quicio threshold
quimera pipe dream (fantasy)
quitar to take

R
rabiar to rage
rabioso rabid
ramera whore
rastrear to check into
rato little while
raudal flood
real royal
recado message
recatarse to hide oneself
recato modesty, reserve, concealment
recaudo, a buen high security
recelar to fear, to suspect
recibir accept
recobrarse to recover
recogerse to return
recostar to lie down
regalado lavish
regalar to regale
regalo care
regocijo joy
reírse to laugh
rejas bars (on window)
relámpago lightning
rematado extreme
rematado hopeless
remate corner, end (of the line)
remedio remedy
rencilla quarrel
rendir to surrender

reo culprit/offender
reparar to notice
repentino suddenly
reposar to rest
represión reproof
resplandor illumination
restaurar to recuperate
restriñir to staunch
retraimiento retreat
retrete dressing room
revolver to turn over
revuelta uproar
rienda restraint
risueño smiling
rogado beseeched
romance ballad
ronco hoarse
rostro face
rudo stupid
rueca distaff (spool)
rueda wheel
ruego plea
ruido noise

S
sabandijo ignorant
sabio wise
saca a bag, sack
sacar to pull out
saeta arrow
sagrado sacred, holy
sálico salty
salpicado sprinkled
saltar to overtake
salteador robber
saltear to attack
sanar to recover
sano healthy
santiguarse to cross oneself
sarao soirée
sazón, a la in this moment
sazonado spiced
secretario page, servant
seda silk
sediento thirsty
seglar secular
semblante appearance
seña sign
señal sign
señalar se en to dote on

senda pathwy
señorear to see
sentido hurt, insulted, heard
sentir to regret, to suffer
sepultura grave
ser fuerza to be a good idea, to be
  necessary
seráfico angelic
si bien although
sierva maid
sin provecho in vain
siquiera (not)even
soberbio vain
sobresalto start
socorro aid
sol sun
solenizar to lament
sollozo sob
soltar to release
son tune
soplo puff of air
sordo deaf
sosegar to calm
sosiego calm
sospechar to suspect
subir to mount
suceder to happen
suelo floor
suerte manner
sujetar to keep under control
sujetarse to subject oneself
suplicar to beg
suplir to offer
surco furrow
suspiro sigh
sustanciar to press, push forth

T
tabaquera tobacco pouch
tabardillo fever
tabicar to wall in
taburete stool
taimado sly
tálamo marriage reception,
  celebration
talanquera safety barricade
talle measurement
tapado veiled
tártagos misfortune

temblar to shake
temer to fear
tenebroso shadowy
tener concertado to have agreed
tener lugar to have a way
tercero matchmaker, intermediary
terciopelo velvet
testamentario executor
testamento will
testar to will
testigo witness
tibieza coolness
tierno tender
tiro throw
tocer to turn, unlock
tomar el hábito to become a nun
tornar to return
tórtola dove
tosco rough
tragar to swallow
traidor traitor
trampa trap door
trasera back
trato dialogue
trato ilícito love affair
travesura deception
trazar to ponder
trofeo trophy
trueno thunder
turbado upset
tutela custody

U
ultrajado offended
ultrar to insult
urdir to plot

V
vale farewell

valer to be worth
valerse to extricate herself
vela candle
velar to cloister, to wake
velar to watch over
veleta fickle
vencedor winner
vencer to defeat , to be overcome
vendar to blindfold
venganza revenge
vengarse to take revenge
venirse a descuidar to come to neglect
ventaja advantage
ventura chance, fortune
venturoso lucky
vera fervor
verdugo hangman, executioner
verga menuda mesh wire
vergel garden
vertir to spill
vicio vice
vientre womb
vil vile
vista sight
volar to blow up
voluntad will
vuelta turn
vulgacho vulgarity
vulgar common men and women

Y
yerno son-in-law
yerro error
yeso plaster
yugo yoke

CPSIA information can be obtained at www.ICGtesting.com
Printed in the USA
LVOW11s2109040215

425742LV00001B/7/P